拉千禧之夢

蘇蕊 著

出版序

後山新秀　嶄露鋒芒

回顧後山文學獎走過多年，本館自二〇一四年起接續辦理累積五年的後山文學獎舉辦成果，著實展現出屬於這片土地美好的文學精神。有鑑於歷屆後山文學獎舉辦成效，為使後山優秀文學創作者一圓出版自創作品專輯之夢，並本於文學向下紮根的傳承使命，於本年度（二〇一九）舉辦首屆「後山文學年度新人獎」徵文活動，獎勵後山優秀文學創作者出版作品專輯，使後山文學的育成風潮由當年的地方文學，拓展成為一個全國聚焦的文學品牌，同時能讓具有潛力的文學創作者，藉由出版平臺行銷於通路，透過文學作品與讀者進行更多的在地文化脈絡對談，此乃辦理本活動之最大目的！

特別感謝王家祥、吳懷晨、陳雨航、葉美瑤及何致和等五位評審委員，不辭辛勞地為參賽作品審慎評選，至獎項遴選完成，計有張純甄——小說《地球的背面》、戴鳳儀——

小說《拉千禧之夢》及林宗翰——新詩《軍艦礁》（後改為《相信火焰，但不相信灰燼——羽弦詩集》），共計三件作品獲得本年度後山文學年度新人獎，實為殊榮可賀。《拉千禧之夢》用千禧年的跨越、故事背景與鋪陳、用記憶串聯的敘事的方式讓人著迷，是一篇令出版業者驚喜的作品。《地球的背面》短篇小說集，整體而言，作者文筆流暢，對文字的掌握、寫作風格與節奏美感，創作者具有無限發展潛力。

《軍艦礁》新詩專輯，作者十分熟悉花東風土，詩的語言成熟，文字成功轉化意象並展現詩的藝術性，具有強烈的出版企圖心。此三名獲獎新秀為後山文學獎開創新的扉頁，徵文活動自年度起跑以來，在文化部及交通部觀光局東部海岸國家風景區管理處，及花東縱谷國家風景區管理處之挹注經費下，開啟了後山文學年度新人獎的新元年，並感謝各界廣大迴響，令推動後山文學承先啟後之成效，呈現於本活動最終獲獎結果中。

獲獎新秀們藉由此獎項，使其在此平台展露光芒，為後山文學開啟了新的扉頁紀元，猶如花東的文化隨時代綿延邁進，總有百轉千姿的迷人風貌，以文學創造的光點，期許未來能有更多後山愛好寫作人才，持續為後山文學留下精采動人的章節，帶動更多後山愛好寫作人才積極參與角逐此項徵文活動，共同型塑後山最美、最迷人的文學特色。

國立臺東生活美學館　館長　李吉崇

推薦序

由無數旅行串連的人生

人生是漫長的旅行，也許是畢業旅行、渡假旅行、留學旅行、移民旅行。當你長大到外面求學工作的歲月越來越長，漸漸發現回家探望家人也變成旅行，短暫探望擦身而過，那是一場遙遠生命旅行的記憶。人生過程是無數旅行串連，童年的、青春的、工作的、戀愛的、求學的、婚姻的連接成漫長的生命旅行，當你步入中年，靜靜沉思，回顧一生記憶，發現人生是一段一段的旅行記憶，隱藏不同故事和風景。

拉千禧之夢，是回憶的旅行小說，在一趟遙遠回家途中，遇見童年小學的記憶，串連場景是回家旅行故事，在台東風景中展開，遇見家人、同學、過去的、現在的回憶。作者試圖呈現，一段模糊遺忘而似曾相似的記憶，探索在人生際遇中若即若離的情愫，在一幕一幕場景，出現不同的抉擇和遐思。人生常常出現許多欲言又止的情境，有些抉擇可以勇敢跨出去，如求學工作被未來帶走，毫不猶豫或困惑。但是有些抉擇卻是茫然迷惘，連抉擇都沒想過，連自己都不知道在想什麼？

情感或眷戀存在某種想像，有時浪漫、有時迷惘、有時真實、有時落寞、有時不知所措，每個人有不同人格氣質，當他遇見時，是否跨越往前，還是畏卻退後！讓作者來呈現？讀者來感受？

導演、聯合報報導文學獎作家　江冠明

推薦序

時光的奇遇轉瞬　返家的記憶漫長

《拉千禧之夢》是疊合著不同時空的步調與節奏的作品，在作者看似輕鬆詼諧的語調中，展開了一個個封塵、斷裂許久的時光片段，在模糊的記憶裡按圖索驥的過程裡，探索被遺忘的人際連結，重新感受「離家」的遙遠，「返家」的艱難，以及各種埋藏在內心深處，有關「近鄉情怯」的違和、抗拒、曖昧的微光，讓短暫時光奇遇彷彿一場夢的嘆息，卻又成長深刻。

故事從阿姆斯特丹機場的一段驚喜中啟程，從荷蘭飛回台灣的路途雖然遙遠，但卻轉瞬而至，與之對照的是蘇蕊、阿崎、小泓在記憶的回溯中，漫長的重新認識、磨合而又分離。有趣的是，抵達台灣後的蘇蕊，不論回到家鄉台東、成功或彰化，彷彿舉步維艱，在許多細微的敘述中，或許也表達出作者對「家」微微的抗拒、深恐人事已非的徬徨與惆帳；在幾個台東場景的轉換中，也隱微的扣緊了人與人之間艱難卻又珍貴的維繫，帶出對當代政治、環境、社會發展的思考。

從另一個角度來說，《拉千禧之夢》至少存在著三個截然不同的線性時間觀：跨國界的快速飛行、台灣島內對「家」的漫長追尋、因阿崎、小泓而重新接續的記憶探索與無盡想念，三種時間最終匯聚在一個看似未醒、未完結的「拉千禧之夢」中，成為活著的紀念，卻也實指了在資訊發達、「智慧型」的時代裡，儘管懷舊卻又重要的指引。

作為一部真人真事改編的小說，《拉千禧之夢》雖無法表現人對於生命、生活的完整寫照，但在這段旅程裡，我們情願「拉千禧之夢」未曾清醒，且會永久的延續，在蘇蕊、小泓，也在每個時代人的心裡。

文創聚落策展人　洪敍銘

推薦序

走一遍回鄉路　拾起一些塵封記憶

（本篇推薦含有部分劇情內容）

我在東華念研究所的時候，常常往返於台南與花蓮之間，因為當時得搭乘南迴列車，繞過島嶼的下半部，才能抵達學校，因此對於書中「返家」的困難備感熟悉，也很能感同身受。那是一段很難說是交通方便的旅程，但也因為這樣，那個藏在山裡的「家」，就更召喚遊人的心。即使我已經從東華畢業，也偶爾在清晨時分想起東華在山間的校園，宛如戒指上的戒台，安靜淡漠的閃爍在霧氣當中。

《拉千禧之夢》是一本由真人真事改編的小說，主角遠居歐洲，漂泊不定，午夜夢迴時也會想起家鄉，那個已經觸手不可及，無法回去的家鄉，她因緣際會，遇見了兒時玩伴，走了一遍回鄉的路，想起了一些塵封在記憶裡的往事，對她來說，這是一些握著怕太緊，放手怕遺忘的珍貴回憶，而跟隨著她的身影，那些花東的景象一一浮現在我的眼前。

台灣不大，比起國外的遷徙距離，台灣常常是一兩天的行車即可抵達，但台灣的多變地形與多樣人文，讓台灣的每個地域充滿著自己的色彩。主角們之間跨越時空限制的情誼，對彼此的理解以及對這片土地共有的愛護，他們互相承接住對方的心情，如同座標一樣，讓離鄉的人還能知道自己定位在什麼地方，如果地球上罩著一張網，他們可以尋找到對方的位置，進而知道自己在哪裡。

這是一個由離鄉的人，將年少回憶、需要放手的情感、後知後覺的恍然、對自己的失望與期望，共同交織在一起的故事。舞台在那山與海之間，配樂是海浪波濤，人物是黝黑的帥哥，語言是輕巧快樂的符號，結局有著淡淡的遺憾尾調，但卻永遠的接住了讀者。

編劇、文化部青年創作補助作家　逢時

Contents

第一折

阿姆斯特丹

如果沒有在阿姆斯特丹機場巧遇阿崎，或許我就會認命的放棄記憶裡關於家鄉那一塊。當作是一場，無人與我分享的夢，我就這麼孤獨的長大了。

2011.12.16 星期五

我其實不是那麼喜歡阿姆斯特丹Schipol機場，每次轉機都在挑戰我的天運。可是沒辦法，交通再發達方便，我也不過是個普通人，沒甚麼特殊待遇。而且說實話，每次真的輪到我，明明都很快，所以我也不是很能理解很慢的人的遭遇。

荷航阿姆斯特丹直飛台北，已經算很佛心了。我往停機坪外看，漆黑的夜裡外面不意外的下著雨，任何燈光都被雨珠散成星芒，遠的近的，糊成抽象的星夜畫。等著登機的人很多，我沒有椅子坐，就這樣靠在落地玻璃的這一邊望著另一邊。旅居歐洲多年，我大多時候都是自己來回在這條一萬公里的航線上，還頗有點候鳥的慣性。因為只有自己一個人，我通常都等到最後才登機，反正都是在排隊，早跟晚沒太大差別。我拿出護照機票準備走近登機口的時候，一個陌生的聲音叫了我的名字。我轉身看往五點鐘方向，那個瘦高、膚色麥褐的年輕男人，看起來與他的聲音同樣陌生。我忍不住眉頭攏起，眼睛瞇起來認真往回憶中尋找這個人的印象。可是，沒有。我接著看向他身邊另一個蓄滿絡腮鬍的白人男子，對方只是有點尷尬的笑著看我，大概還在等待我跟那聲音的主人相認。

「嗯……請問你是……」我看著對方像一潭深泓一樣黑亮的眼睛，有一種熟悉的感覺，可是我無法肯定那是不是錯覺。「我是阿崎。」那雙眼睛明亮的望著我，那個聲音宣布了一個奇妙的答案。

「妳是蘇蕊嗎？」對方又問。

「阿崎。」我重複了那個從來不敢冀望會再聽見的名字，眨了眨覺得彷彿有點濕氣的眼睛，「嗨……」我說。阿崎正要說話，他身邊的男子笑起來用英文搶先了：「嗨妳好，我是阿崎的朋友José，我們應該先登機，等下你們可以坐一起，一路聊回台北。」

我恍然醒來，跟他們一起快步走向登機口，排隊途中跟José交換了機位。還沒能講到幾句話就與José分開了。「妳要坐窗邊嗎？背包我幫妳放上面？」阿崎人高腿長，一下子很俐落的就把他的背包放進頭上的行李艙。我搖搖頭：「我很常要去廁所，你坐裡面吧。」他笑的時候露出一口亮白整齊的牙齒，眼睛彎起來的弧度，突然跟記憶裡的少年重疊了。我恍惚了一下，看著他坐好，突然伸手把我拉進座位：「欸妳擋到後面的人了。」

啊。我趕緊跟後面一位中年阿姨眨眼睛道歉，她笑著說沒關係。我坐下來之後他把安全帶的一端塞到我手裡：「在這。」我扣好之後，有點疑惑的看向他，阿崎靈活深黑的眼神看著我：「幹嘛？」我搖搖頭，不確定要怎麼接話，有點小心翼翼回他：「從來沒人幫我拉過這東西。」他臉上出現了一個微笑中也帶著不解的表情，接著說：「這可是很重要的東西。」

我看著他笑了出來，伸手抽出他坐位前面的安全須知卡遞給他：「來，重要的。」「妳不識字，要我唸給妳聽嗎？還是妳可以自己看圖？」我看向他越來越讓我有熟悉感的輪廓，忍不住一邊點頭一邊感嘆：「時間真是個厲害的東西，我們阿崎居然學會講笑話了欸！」他露出一口白牙無聲的笑起來，那眼神像記憶裡黝深的太平洋折射出的光亮。這就是我記憶中少年阿崎的成年版了。

自我對阿崎有印象以來，他就是個瘦高的少年。黑亮的直髮和大眼睛，睫毛長長像兩排扇子，高鼻子尖下巴輪廓深刻，膚色是長年曬太陽的麥褐，笑開的時候露出一口整齊的白牙，兩頰有淺而長的酒窩。總結來說就是，陽性的漂亮。這種帥法不是現在流行的韓系或日系花美的類型，是很東海岸阿美族，充滿陽光健康和氧氣活力的帥法。記憶裡阿崎的形象固化了我對男性的審美，尤其等到我年紀越長越大，旅居歐洲接觸過各色人種以後，更加確定了這個美感的基本預設值。包括那個有一點點原住民腔的國語，我也很喜歡。

可是現在的阿崎已經聽不出那樣的可愛腔調，我有點失望，但這算是很正常的社會化，我何嘗不是這樣把我自己的外語視為一種進步。「妳在想甚麼？」他的聲音打斷了我。這時候飛機已經停在跑道上等待加速，我看向他身後的飛機窗外，一時覺得這場景跟人事真的太奇幻了。「要起飛了。」我說，機身滑動開始逐漸加速，窗上噴濺的雨水不停往後開出散光的花。突然他握住了我一手。「我不怕。」我看向他深邃的眼睛，結果他說：「是我怕。」呃？難道是飛行恐懼症？我不自覺地張大了眼睛看他，這時機頭已拉起，很快的我們已經離開地面。可是我對飛行恐懼的了解不多，也不知道他嚴重的程度到哪，只能很沒用的擠出兩句安撫的話；「別怕，我握著你。」我把另一隻手伸過去疊在他手上，開始認真思考這樣一路的飛行是該怎樣幫他。

等到安全帶的指示燈熄滅的時候，我才看向他，發現他竟然在笑？該不會是緊張怕到人都傻了吧？「你還好吧？」我很謹慎地問他，一邊觀察他看起來有沒有甚麼異狀。「我覺得妳比我緊張欸，」他看著我笑，語氣居然很輕鬆：「妳手很冷。」他邊說邊用兩手包住我兩手握緊了一點：「妳是不是以為我很嚴重？我其實就是怕起飛那一段而已。」他的雙手像台東的陽光一樣溫暖，傳來熱度，但不知為何我有點不高興。好像有一點小時候被小男生作弄那樣的陰影感覺跑出來。我把手抽回來，視線避開他，停頓了一下才說：「那你剛剛應該直接跟我說啊。」「我剛剛在想，有沒有可能這種怕跟感冒一樣，傳染給下一個人就會好了。」他安靜地說。他的聲線偏低，一部分融進機艙的環境噪音裡變得不清楚。我放下餐桌，單手撐著臉轉過去看他。這已不是我記憶裡那個少年，疊加失敗的錯誤正困擾著我。唉，可愛的陌生人令我煩躁。

「妳一直在想事情，我好像一直在打斷妳，」他的眼神安靜地看著我：「我只是遇到妳很開心。」「我也很開心啦！」我對他做出一個鬼臉：「這種巧合，根本是想嚇死我吧！」「哈哈哈哈我原本一直猶豫要不要問的，萬一認錯的話超丟臉啊！我還怕人家以為我要幹嘛。」「你不懂人出門在外很怕被叫名字，通常都不是甚麼好事啦！」「哈妳是被叫過幾次？有陰影喔！」「在阿母是顆蛋的機場被陌生人叫住，通常都是你被別人陷害，行李裡藏了甚麼鬼啦！」「最好是，妳有那麼衰過喔？」「你才衰，我大吉大利。但我有看過別人就這麼衰的，這是常識好嗎！」我翻了個白眼：「而且我還怕是我無意中嗑了甚麼嗨的，幻覺了勒。」「妳內心戲很多欸！怎麼不去寫八點檔！」我一聽深以為然的點點頭：「八點檔演的那種久別重逢，結果都是真的。」「哈哈哈講得好像妳從來沒遇過別人一樣。」

其實是有的。在遇到阿崎之前，我在柏林的街頭巧遇過大學本家學長；在阿母是顆蛋（我大學家族對阿姆斯特丹的暱稱）機場也遇過一次本家學姐。遇到阿崎很多年後，在巴黎的愛之橋上遇到我大學同學；連有一次偷偷回台灣出差，沒告訴任何人，結果在飯店大廳遇到高中同班同學。幾回下來我真的覺得我是不能隨便做壞事的人，這世界肯定是有甚麼天眼系統在監視我。但是和阿崎一起坐在阿姆斯特丹往台北的航班上的時候，我還沒體會到其實人與人的相遇就是量子的隨機，薛丁格的貓其實是一篇鄉民反串文——並不是在相遇的當下才決定了命運的正反面，相遇本身就是隨機。而我這人，在這方面的認知，或說體會，總是後知後覺的。

「你跟José怎麼會在這？為什麼你認得出我？」起飛一段時間後，我覺得有比較回到現實一點了，接著就問個重點問題。「當然是飛回台北啊，」我移動眼珠看他，他哈哈笑了兩聲才說：「José是我表妹的男朋友，因為一起登山才變熟，他現在在師大學中文。」「噢……他是哪裡人？」「他葡萄牙人，我跟他剛從南美跑了一圈回來。」「呼呼！」我吸了一口氣有點驚訝：「南美欸！跑了多久啊？」「快兩個月。」「挖賽……」我看他確實一副精神愉悅的樣子，忍不住問：「南美感覺超棒的，你心得怎樣？」

「就……」他的眼珠轉了轉，認真的想了想：「天人相通那種感覺。」「噗！」我嗆了一口剛剛從空姐手上拿到的水，一時停不住咳了好幾聲。「欸妳，」阿崎用一臉恨鐵不成鋼的表情看著我：「笑甚麼笑，我這麼認真的回答欸。」我趕緊再喝一口水，但還是忍不住笑：「歹勢，我真的比較沒慧根。麻煩你簡單解說下那是甚麼感覺？」「嗯……」他微微嘟起嘴陷入思考：「其實就好像回到家……嗯……在一個陌生的地方，感受到回家的感覺。大概是這樣子。」「聽起來好靈性喔。」我小聲地說。「妳旅外球員欸！沒有體會過這種感覺嗎？」「這樣說來，有。」「對吧？在哪？」

「嗯……拿坡里。」

這時空姐端著一個餐盤看了一看才笑著問我：「蘇小姐嗎？」「啊，對。抱歉，因為恰好遇到了朋友，因此換了座位。」「沒問題！這是妳的素食餐。那下次的早餐，也是送到這個座位嗎？」「嗯，是，謝謝。」

「該不會妳還預定素食披薩吧？」「哈哈哈你很北七。」我一邊打開餐盒看是配了甚麼菜色，阿崎又問：「妳吃素喔？」「沒，」我把餐盒蓋回去：「我只是不吃牛，不過飛機上我通常沒甚麼胃口，而且訂特別餐會比較早送，我就不用等，吃完就可以刷牙睡覺了。」「喔……不愧是旅外球員，經驗老到欸！」我對他眨了眨左眼：「不過今天破例，等你一起吃。」「不用，妳吃東西很慢，先吃。」我有點訝異地看向他：「你怎麼知道我吃飯慢？」他頓了一下，表情有點微妙：「嗯，應該……從小這樣就是這樣吧？」我疑惑的看著他：「你又知道我從小就這樣。」「妳是啊！」「你甚麼時候看過我吃飯？我跟你一起吃過飯嗎？」「妳是啦，」他露出一種妳不用懷疑的臉色：「還沒開始有營養午餐的時候，不是有陣子妳爸都送便當到學校給妳嗎？然後妳會來我們教室跟那個誰，反正就是跟幾個女生一起吃飯。很常我回學校了都還看到妳坐在我位子上，那不就是吃飯慢嗎。」「這種幾百年前的事情也能記仇到現在……」我深深覺得不可思議，瞇起眼睛盯著他看：「嘖嘖，你幹嘛不進來叫我閃開就好啦！」他這樣一說，我才回憶起那個場景，確實是隔壁班的教室，而我的好朋友溫馨就坐在阿崎後面，所以我常把椅子反拉，跟溫馨一起吃飯。我吃東西確實不快也吃不多，通常是因為不想剩下食物，所以還是會慢慢的把便當吃完，但我真的沒想到阿崎會在教室外面等我走了才進教室。「不用那麼麻煩啦，反正也沒有等很久。」「嗯，我想你也不是那麼小氣的人嘛齁？只是借坐一下椅子而已。」如果我沒在這裡遇見他，這輩子我都不會知道，原來有人可能每個禮拜兩三天，都在等我吃完飯，就這樣等了一個學期。

阿崎在我又恍神的時候，已經跟空姐拿了餐，我就順便跟空少要了兩小瓶白酒。「雞肉餐長怎樣？」我好奇的湊過去看他打開餐盒，「奶油燻雞義大利麵欸，美賣啊！」他接過我遞給他的白酒，邊打開倒酒邊問我：「妳要嗎？可以分妳一口。」我決定要白目他一下，直接用叉子伸過去挖走一口：「謝謝賴同學的一口之恩。」他不理我，拿了我桌上杯子過去，倒了白酒再放回來，臉上卻忍不住偷笑起來。我這時才發現他的側臉其實跟小時候很像，只是現在線條更料峭俐落，已經脫去少年的稚氣，畢竟也快三十歲了，我默默想著。「又發呆，難怪吃飯慢。」他拿起裝著白酒的杯子舉向我：「來，敬一下這種他鄉遇故知，還有，嗯，第一次一起吃飯。」「噗！」我跟他碰杯，然後先吞了那口麵，想了想跟他說：「欸，回台東我請你吃飯，不要說我沒有同學的義氣。」「那也要我有去台東啊。好啦，我去的時候再告訴妳。」他一邊吃一邊停下來看我一眼：「妳不是結婚還當媽了嗎？回台灣不會都在台東吧。」

這下我真的嗆了一大口白酒。是甚麼原因阿崎會知道我已經結婚還當媽？我帶著深刻的疑惑轉過去看著他。我是真心想確定一下我是不是見鬼了。我一邊認真的回憶過去的二十年裡，我確實不曾在小學畢業後再見過阿崎，至少很確定沒有再面對面地說過話。

「欸妳有點誇張，」阿崎看著我：「有沒有這麼嚇？是我媽告訴我的，她之前在台東一個甚麼活動，遇到妳媽，妳媽說的。」他的話並沒有解除我深刻的懷疑。不要說我媽跟他媽，就算是我在路上跟現在的阿崎擦身而過，我都認不出來，何況是彼此的媽怎麼有辦法相認？我感覺我的眉頭越鎖越緊了。「是真的啦，台東很小的，住過成功的人很容易相認啊。」「是你媽認出我媽？」「嗯啊。」這……好吧，根據他兩小時前能在候機室裡認出我的實力，他媽確實可能有同等實力能認出我媽。遺傳真是個可怕的東西。我努力的回想阿崎媽的模樣，而我對她的印象只停留在二十年前。那不重要，阿崎的伊娜（母親）是地方有名的大美人，雖然已經是地方媽媽，但她的小吃部可是很多人捧場，連我爸都有去過。咳咳。這肯定也是一種商業能力，阿崎的媽應該是有認人的特長，才好留住她的客人。我印象中有一次是在賣制服的店，遇到阿崎的媽媽帶著他兄弟倆進來買新制服，至於為什麼我會在那，是因為我媽負責去訂做她合唱團的制服。他兄弟只差一歲，長得幾乎87%像他們的大美人媽媽，那雙漂亮的大眼睛和尖峭的下巴複製得很完美。噢對，而且阿崎的媽媽完全符合阿美女性的最強特質，唱歌非常厲害，不然也不會開小吃部陪客人唱歌了。阿崎的媽媽很熱絡地跟我媽打招呼，聊了幾句，照例都要誇我成績好（我反正也沒別的甚麼可以誇）又有禮貌（這真是很奇怪的錯覺），將來是不是要去台東讀書啊這類的。她真是太漂亮了，穿著一件花色的洋裝，整個人都像在發光，我只能呆呆地看著她跟我媽聊天。阿崎在旁邊從頭到尾都沒說話，也沒有真的跟我打招呼，只是笑著看了我幾眼。阿崎的弟弟小泓，跟他個性完全不一樣，是很大方隨和的人——跟今天遇到的阿崎很像，難道？

我一把按住了他拿著刀的右手，深刻的懷疑視線盯著他。他有些意外，放下了左手的叉子，再把右手的刀接過去放下。「小泓不要鬧喔，你這樣會把我嚇死。」他看著我，長得像兩排扇子的睫毛緩慢地眨了幾下，才說：「我是阿崎，不是小泓。」我皺眉瞇眼盯著他，忍不住回嘴：「你今天跟我講的話，比小時候認識那麼多年加起來還要多，還是你是哪個我不認識的人格？」其實話一出口我就後悔了。就算這個人其實是小泓，跟我開了一個大玩笑，我也不用這麼彆扭。畢竟是十七年沒見過面的朋友，難道遇到小泓我會比較不開心嗎？不會。不管是阿崎還是小泓我都開心得想哭，想到這裡我覺得我真是反應過度。我連忙把手收回來，正想跟他道歉，他喝了一口水轉過來看著我：「小泓不知道妳坐我位子吃飯的事情。」他的眼神和語氣都很平靜，伸手到座位前的置物袋裡抽出證件夾，把護照翻開遞到我眼前。

我深呼吸了一口，當下其實有點想哭的衝動。可能今天的遭遇太刺激了，一瞬間那個開心的氣氛變得尷尬了。「對不起。」我乾脆地說了。有改變的不只是阿崎，也有我自己。我二十九歲了，坦然道歉這件事情已經不會再難倒我。我轉過頭去看著阿崎安靜的眼睛：「阿崎，對不起。」「沒甚麼好對不起的啦。快吃飯，不然人家都要來收了。」他的聲音像溫暖的海潮，一下就沖走了凝結的氣氛。我安靜專心的吃飯，暫時不說話。我確實很討厭自己的事情被無意的傳播出去，可是在家鄉，這種人我隱私的界線很是模糊，雖然我很多次跟我媽說，我的事情不要幫我宣傳出去，顯然是沒甚麼用。「剩的不喝了？給我喔？」他晃了晃我桌上的白酒瓶。我點點頭。阿崎如果有繼承到他伊娜的一半，再來個幾瓶也不會拉桑（酒醉）的。我心想，自暴自棄的把自己杯子裡的白酒喝完。餐盤裡還有半滿的食物，可是我已經吃不下了。我前後張望了下空姐們是否已經開始送茶和咖啡，然後把餐具收了，打開檸檬慕斯蛋糕。「這樣就不吃了？好浪費。」他說。我弄了個無奈的表情：「沒辦法，我本來就吃不多。」「難怪大概只長高五公分吧？」「對啊！為什麼這麼不公平，你至少長高了十五公分！」我更加自暴自棄的撇撇嘴，身高一百八的人才不懂我的苦惱。

「妳真的是沒甚麼變啦，不然我也認不出來。我原本以為……」他停頓了一下，我看了他一眼，他有點猶豫地說：「就是看不出來已經是媽媽了的樣子。」哪有你媽厲害，我心想。阿崎媽年輕貌美的時候，我根本都看不到她的車尾燈吧。「欸，我意思是說……」我把湯匙舉起來搖了搖打斷他：「不用解釋啦，我知道你意思。」我向他眨了眨眼：「就是字面上的意思。」「阿呀，拿麼厲害。反正，是我媽問妳媽，妳媽才說的。」「哦？」好像也很合理，長輩見面能聊甚麼，還不就是那些。「我媽會問，也是因為喔……」他突然停頓沒繼續講。「因為啥？」「哎，因為我還沒結婚啦，然後，也沒對象。」他說的時候有點彆扭，耳尖有點紅，我覺得有點好笑，噗了一下然後想逗他：「欸？你臉紅欸，不可能喝了這幾杯就拉桑吧？不會是害羞吧，我們阿崎從小情書收不完的天菜欸，怎麼可能缺對象啦！」這是真的。從小我不知道幫多少女生拿過情書給阿崎，現在想想如果他是彎，等等，我看向他，該不會是彎吧？「你你，你不會是彎吧？我把你當兄弟你把我當姊妹不會吧？」「妳拉桑了吧，我很直。還有，我沒有很多對象。」他好像有點害羞又有點生氣，我看我還是不要鬧他好了。「快三十歲了，爸媽會擔心也很正常啊，你想要我幫忙介紹對象嗎？」「是我媽以為妳應該還沒結婚啦！所以才問妳媽妳在哪。」

「喔……我懂啦。」我其實沒有很驚訝。應該是說，這很情理之中，但如果是阿崎的媽講出來的，就算有點意料之外。可如果阿崎確實還沒定下來，那父母會這樣問，也很正常。「妳懂？」他有點意外地看著我。「懂啊，你媽不是第一個問的勒，」我很刻薄的壞笑：「沒想到我至少也是幾個阿姨心目中無緣的媳婦啊！」可這是真的，雖然很搞笑。到底同學們的媽媽，對我有甚麼錯誤的刻板印象，我真的很難理解（以前長輩總覺得成績好會讀書就是乖吧，或者是想要我幫忙提高下一代的成績也說不定）。因此我只能很悲傷的解讀成，或許長輩們的對兒女們不婚的焦慮，已經遠勝過他們對於子女對象種類的恐懼？至於我媽其實也差不多，她對我的預設，就是認為我會不婚不生獨身終老。因此當她發現我居然有幾位無緣的婆婆時，也許感覺到一種如釋重負？「爸媽都這樣，很正常啦，就是關心你的幸福而已。」我說。「我知道。」他簡短的回答，聽不出情緒是好還壞。「若你覺得很困擾，可以嘗試溝通一下，但效果不好，也是很正常。我沒甚麼資格說，我是回家第三天就想改車票機票的人。」「然後還要自己一個人住在一萬公里遠的地方。」「自由的代價很高啊！」他點點頭，表示贊同的笑了。

空姐收走了餐盤杯子，我把桌子也收起來，翻出隨身攜帶的牙膏牙刷問他：「走，刷牙睡覺。」「妳真的很嚴格。」「笑甚麼笑牙齒白啊，走啊。」這是我長途飛行的規律，就算遇到阿崎也是不會破例的。回到座位，打開毯子喬好枕頭，其實兩個人還是在聊天。忽然這感覺好像以前午休時間，不想睡覺的孩子還在那你一句我一句的堅持著。我記得在我失去意識睡著之前，我告訴了他我是怎樣意外奉女成婚，暫時請育嬰假回到台灣，是因為老公要服替代役才能再出國。沒回來前住在哪，過得不順利的博士生的日子，之後有甚麼打算，這類的事情。他告訴了我之前當了幾年代課老師，後來還是決定去讀設計，做了幾年設計案覺得想休息，就去了南美，之後還沒有甚麼很肯定的想法。喔，還有，小泓跟女友和朋友在桃園開了一個寵物店，忙得很，一年回家不超過五次。而他原本也跟前女友住在桃園，後來分手，他就去了台中。他爸媽還住在原本成功的家，可惜年輕人都沒法留在那裡。倒是他表哥有回去當老師，說還是家鄉自在。「流浪無限好，只是遠故鄉啊。我朋友說的，我程度沒這麼好。」我說，眼睛已經閉上了。「拜託，小時候一百分都是妳在考，妳程度不好還有誰好？」「白浪（對平地人的叫法）的文學，Amis不用學得太認真，你的程度綽綽有餘了。」我睡著前只聽到了他輕輕的笑聲。

飛機上真的很乾燥。我咳了幾聲醒來時，發現原來我是靠著阿崎的肩膀睡著的。哎。我坐直身體，在微弱光線下看著他睡著的側臉。像一尊雕像一樣美麗安靜的阿崎，這真的好像一場夢。可惜當時我還沒有換智慧手機，否則我一定會拍下這寧靜美好的一刻，而不只是讓它印在我腦海裡。我等了一會發現無法睡回去——倒不是因為沒有靠著阿崎的肩膀，如果我們還兩小無猜，那大概還挺可愛的，可是現在我已經是個已婚媽媽，占別人便宜就不好了。我起身走往我原來的座位，José也醒著，在看電影。我跟他說了幾句話，走去跟空姐要了兩杯水。走回座位發現阿崎醒著，我把水遞給他：「你要不要起來走動一下？我剛跟José講了幾句話。」他點點頭，站起身走出來往José那走過去了。我看著他的背影，感傷的認知到，昔日的少年真的已經長成了個寬肩窄腰長腿的男人，我們的童年也一去不復返了。我蓋著毯子蜷縮在座位上，阿崎回來時我原本要起來，他只用唇語跟我說不用，接著長腿一跨就進來了。「大長腿就是好，隨便跨都能過。」他輕聲笑了笑，看我捲成一團，問：「冷嗎？」「還好。」「手來。」「嗯？」「手是冷的吧，這樣會睡不著，手來。」我原本想拒絕的，可是不知道為什麼，我乖乖的像小學生一樣把手伸出來給他。他的手很溫暖，或說應該整個人都很溫暖，帶著故鄉陽光的氣息。我心想要是阿崎總是這樣握女生的手，不要說手，心都會被牽走吧，怎麼可能會沒有對象好幾年。哎，但他不肯向我出櫃我也沒辦法啊。我閉上眼睛，很快又睡著了。

我醒來是因為聞到咖啡香。也就是說，再一個小時就會送早餐，再三個小時就會降落在桃園機場了。同時也表示，我這趟飛行，算是睡得很好的。我感覺旁邊的阿崎已經醒來了，可是他並沒有把閱讀燈打開。我把身體從背對他轉過去看他，發現他把窗版打開了一點，戴著耳機專心地在畫畫。他看我醒了，把耳機拿下來說：「妳睡得真好，我羨慕。」「你完全都沒睡著？」「有啦，醒來大概一個多小時了吧。」「那就是你酒喝得太少，不夠拉桑。」他笑了，把畫本蓋起來，我連忙阻止：「你在畫甚麼？能跟我分享看看嗎？」「喔，沒甚麼重點，想畫出一點在工藝品上的圖紋。」他把畫本遞給我，我邊看邊翻邊問，阿崎一邊跟我解說每張圖是甚麼概念，想放在哪裡，是木紋還是金屬面還是石材。其中一張畫裡的幾個圖紋在後來，阿崎把它刻在一塊銅片上，兩端用線編成的帶子穿過，做成鍊子送給了我，當作我三十歲的生日禮物。但為了把圖紋編完，當手鍊太長，當項鍊太短，我一時興起就把它綁在腳踝上，長度剛剛好。「這條叫甚麼名字？」那時電話裡我問他。「嗯……就叫拉千禧之夢好了。」他說時那像夢幻一樣的聲音，我想我一輩子都不會忘記。拉千禧，我和阿崎屬於，屬於我和阿崎的世代共同的夢和年齡階級的名字。成年是一件被動的事情，哪怕我們不做任何事情，也會在某個時候長大成為成年人。拉千禧是拉千禧，唱著我們的歌，唱著我們的名字（拉千禧之名歌詞），在離家一萬公里的高空上，我終於不再害怕我的童年只是一場無人知曉的幻夢。我找回了拉千禧之夢。

一邊吃早餐的時候，我跟阿崎聊回了夢以外的大人的現實。我說下飛機之後我就直接高鐵回彰化婆家，他很意外地問：「家人不來接妳嗎？」我一邊吞一大口咖啡，一邊問他：「那你家人來接你嗎？」「沒啊，我跟José直接先到台北我表妹那。」「嗯，」我點點頭：「那不就對了嗎，自己出門自己回家啊。」「有道理。那甚麼時候回台東？」「不知道。」我一邊收拾餐盤一邊思考，其實我有點苦惱，但是這種苦惱不需要說出來。就像阿崎的苦惱我也不會多問，成為大人的現實面總是一言難盡，學業不順的理工女和事業不順的藝術家，頂多同病相憐但是不必要再讓彼此多擔心對方。可是這種情境下，不回答也是不對的，所以我想想就說：「乾脆等一月回去投票好了。」「這個提議好。」阿崎點頭贊成：「那我應該也要回去投。」「但一想到台鐵要搶票就覺得很sen。」「上次忘記誰說把電話語音順序背起來，就比網路還容易搶到票。」「真的假的，這招好炫。」「如果真的沒票，就開車回家。」他想了想接著說：「我可以跟我弟輪流開，如果我從台中出發，可以順路載妳一起回台東。」「欸這可以！我覺得這提議不錯，哈哈哈！」回家的路始終這麼長，這麼不容易。後來我提早兩天回台東，回程跟阿崎和小泓一起從蘇花往北，小泓把我在桃園高鐵站放下車。

早餐收完之後我突然想起等會降落的時候，該不會阿崎也會怕，雖然問這個似乎有點不禮貌，但怎麼說我們也是……算是老朋友吧！於是我還是吸了一口氣問他：「欸。」「嗯？」「那個……等下要降落了欸，你會怕嗎？」「會。」他看著我，眼神真誠直認不諱。我呼出一口氣，其實我也沒有心理準備他如果說會，我要怎麼辦。但也不能怎麼辦，應該說只能問他我該怎麼辦。「那這樣我要怎麼幫你？」「跟起飛差不多就可以了。」「嗯？」「跟起飛差不多。」「喔。」我喔了一聲，差不多是怎樣的差不多，好吧，到時候就知道了。想想覺得有點奇妙，我問他：「欸，如果你一個人出門怎麼辦？我是說，如果旁邊沒人幫你，你就不飛嗎？」「飛啊。」他說，臉上顯出思考的樣子：「就是表面裝做沒事，其實心裡很害怕。通常就是把眼睛閉起來，想其他的事情來分散注意力。」「這感覺就沒甚麼用吧？」我發誓，我真的只是純粹提出科學的疑問，並不是要傷害他本來就害怕的飛行恐懼。「嗯……也不會說沒有用，就是不一定，因為要掩飾內心的害怕其實不難。」「不要搞笑好嗎？」我皺起眉頭看著他：「我對飛行恐懼沒有甚麼了解，但我想應該跟懼高啊、密集恐懼啊、或那個甚麼，幽閉空間恐懼，總之就是屬於你沒法排解的那類恐懼吧？那跟掩飾內心害怕沒關啊。」「喔，如果妳是說這個，那是沒錯。」阿崎一邊思考一邊看著我繼續說：「我剛只是想表達，對我來說，既然這種恐懼其實是不可能克服，那我就把注意力轉移到專心在表面掩飾我內心的害怕，這樣我還比較好過。」原來是這樣。我看著他，一時不知道要接甚麼話。「妳幹嘛？」他看我像在發呆，換了一個輕鬆的笑臉：「妳把我想得很嚴重吧？其實還好，妳只是把事情想得太認真了。」嗯，我是。我確實是一個會把事情看得太認真，而且想找客觀解決方案的科學家性格。我不會覺得自己缺乏幽默感，但明顯離活潑可愛這種等級，還差得很遠。「我的意思，不是希望你有那麼嚴重。該怎麼說呢？但既然不會真的影響到你生活的便利，然後也有一個方法可以轉移注意力，情況不要太糟的話，確實也沒甚麼好擔心的。至少，比有人怕到無法坐電梯啊，搭船搭飛機，都還要好很多吧。」說到這，空姐廣播了，再二十分鐘就要降落。這趟飛行時間過得真快啊，我默默聽著廣播想著。廣播結束，就聽見大家紛紛扣上安全帶，收桌子，豎椅背，打開窗板的聲音。等阿崎弄好，我對他說：「你想要我握著你嗎？」「喔，妳可以嗎？」「如果你需要，我隨時可以牽你的手。」「妳去哪裡學來的這種話？真可怕。」他瞇起眼睛懷疑的看著我，但是淺淺的酒窩有笑意。「嘛，這種技能就不能傳授給你。你也是從哪裡學來的技能，問都沒問就把別人手握住。」「喔，我那是信任妳。不然，至少也是兩個人怕在一起，還比一個人好。」「北七。」我一邊笑一邊握住他的右手。「妳真的不怕嗎，為什麼妳手這麼冷。」「你安靜。」他無聲的笑，把我的左手換到他的左手，然後把我的右手也拉過去，兩隻手把我的手包起來。阿崎的手，聲音，和整個人，都像台東的陽光跟海洋一樣溫暖明亮。我感覺不到他的害怕，也許他的害怕，已經轉移到想溫暖我涼冷的手上了。

觸地滑行在跑道上，下午三點的桃園機場，冬日的陽光也很明亮。我們兩個看著窗外，天氣真好，我們的心情也很好。

第二折

投票日

因為與阿崎在阿姆斯特丹機場相遇，我的童年和關於家鄉的回憶，接著像進行了一場數位修復。我和阿崎互相比對著各自的版本，幾乎像電影後製一樣，每個分鏡裡的人物，對白，氣氛，場景，甚至色調，都被我們不斷的重新校正——真是一個巨大的工程。

2012.1.14 星期六

回台東投票，對漂泊各處的台東人來說，有時是很奢侈的演示（demonstration）。回家的路總是很遠也很花錢。網路的電話的團購的代買的交換的，各種方程式代入運作下得來不易的一張票，可以讓每個遠離家鄉的後山兒女開心好幾天。

平心而論，我不能說我已經認識阿崎超過二十年，因為我並不認識超過十二歲之後的阿崎。同樣的，他也不認識大於十二歲的我。若說我這二十年來不曾想起他，甚至不曾google過他，那完全就只是在乎面子的欺騙自己而已。不只是他，我google過很多小學同學，可是都一無所獲。因為搬離了成功，到台東上國中，我沒有再見過我任何小學同學。高中畢業上大學，大學畢業出國留學，多年以後我才明白，原來這就是人口外移的基本模式。回到家鄉，或者留在家鄉的同學朋友，在我的生活圈裡大約只有一成。離開家鄉討生活，在我的生活經驗中無比正常。哪怕在記憶中也是，很多孩子都是隔代教養，因為父母必須出外討生活。我家隔壁鄰居的爸爸就是遠洋船員，兩三年才回家一趟，帶回來當時還沒開放進口的洋菸洋酒分送鄰居，如今看來怎麼說都是好稀奇的享受。總之，這就是家鄉三十年前的景況。而三十年後，當時還是孩子的我們，就像風吹的蒲公英花絮一般，各自散入茫茫人海，再也找不到彼此。關於這方面，阿崎比我好很多，再怎樣他也是正牌的都歷拉千禧，不會跟生長的土地失去連結。每年豐年祭時，只要他願意回家，就能再看到記憶裡一起長大的人們，差別只是多跟少。

我當然不曾問過他是否找過我，以阿崎的人氣程度，只有人找他，沒有他找人的需求。而且，顯然他知道我的事，比我知道他的多很多。他知道我上了甚麼大學，知道我出國讀書，也知道我結婚生女。而我對他卻一無所知，或許也跟他刻意的低調有關吧。我只是問他，是不是因為大家都去改回族名，因此我再也找不到大家。他想了想，只說有道理。「那你怎麼還沒去改？」「等我有空。改名字很麻煩，所有證件都要換一輪。」我想也是，要是我也會懶得去弄。我原本想跟他說，我姊離婚三次，每次離完就改名，她怎麼好像不麻煩？但我沒說。我不喜歡別人說我的事情，那我也不說別人的事。至於會有剛才那想法，純粹是針對「改名字到底有多麻煩」這個命題，產生的合理疑問罷了。

因為知道回家的票千金難求，所以我提早了三天，先去宜蘭看望了一個高中同學，而她不愧是搶票高手，幫我買到了隔天的普悠瑪號回台東。我真的很感動，我想這種心情大概只有台東人能體會。坐在普悠瑪上才到花蓮，就收到了阿崎的簡訊：「有買到票嗎？」就五個字。言簡意賅。當下我有一種很奇妙的心情。我住在彰化婆家，阿崎常來往桃園與台中，其實距離我並不遠。但自從那天在機場道別之後，誰也沒連絡過誰。好像有一種，不打擾彼此的默契似的。但後來我明白了，二十九歲的阿崎是言行一致的人。也就是說他講的話都是真的字面上的意思，不需要另外翻譯或解讀。例如上次說要回家投票，那就是真的要回家投票。上次說如果搶不到票，就開車回家，那真的就是沒票要開車回家。「我已經在回台東的路上了。但是回彰化的票還沒有買。」我回覆他。等我到台東下車時，他回：「我跟我弟開車回家。回程我們可以開南迴，放妳彰化下。」「好欸，太感謝了。」他只問我有沒有票，如果我有，他跟小泓就開蘇花回家，如果我沒有，他們就開南迴順路載我回台東。只要這麼簡單就能橋好的事情，我感動得想哭。我常想我到底在長大成人的過程中受過多少傷害，以致於創傷症候群這麼慘烈，一個簡單的善意就讓我感動得想哭。彷彿要被騙，被糊弄，被敷衍，才是正常人際發揮一樣。而對阿崎來說，這些都不需要存在。不知道是否因為射手座的阿崎天生樂觀善良而且直率，或者其實是因為人帥真好，不管他這人是如何，都會被他人接受。

那天晚上十一點多，我又收到他簡訊：「投完票的晚上我們要去富源吃羊肉爐，要不要跟我們一起？」這種時候，只要說好就可以了。「好，幾點，我要去哪裡跟你們集合？」「我跟小泓大概六點到台東，妳家在哪，我去載妳。」再來，只要給地址就可以了。至於阿崎說的「我們」，包含了誰，嗯……大概就是拉千禧的他們吧。雖然阿崎是個很直率的人，但他不會沒經過大腦就隨便找我去亂入別人的飯局，後來我也懂了這個人的想法，就是不要讓我請客而已。一個人要是比你想的單純，同時又比你想的聰明，那你真的就沒甚麼好說的了。

星期六投票日，是個冬日的大晴天。台東的優點就是冬天的晴天也很溫暖，這真是上帝的恩賜，諸神的慈悲。我整個下午都窩在高中同學小湘家的庭院裡，曬著太陽看影集。自從當了媽媽，人生可以有一個這樣廢柴的下午，還有小湘姊弟買蔥油餅，粉圓冰給我，簡直是諸惡做盡。小湘家準準四點就開始看開票，實話說我對於自己投的票不抱太大期望，也不跟人討論，政治立場不同其實討論起來很傷感情。快六點的時候，我跟小湘說要去跟小學同學吃飯，就自己從小巷子走回家。才走到路口就看到兩兄弟站在一台白色小車旁邊，我朝他們揮揮手，右邊淺灰色帽T的是阿崎，那左邊軍綠色外套，戴黑框眼鏡的就是小泓了。原來小泓長大的樣子是這樣啊，我想著。他看見我過馬路，順手踩熄了手上的菸。「好久不見啊！居然都當媽了！真是了不起！」小泓歪頭笑著對我打招呼，他的樣子和聲音，包括身形都跟阿崎像是雙胞胎，但是那個語氣和笑意是小泓無誤。「你還當老闆呢，拿麼厲害！」我說。三個人像孩子一樣肆無忌憚的笑起來。「等下到山上，要帶外套吧？」阿崎問我。「人家是維京人了啦，沒在怕冷的。」小泓不喇賽真像會要他的命。「我去拿一下，還要帶鑰匙。」我說，正要往家裡走，「不用拿啊，晚上不回來。」小泓說。嗯？我轉頭，疑惑的望著他倆人。「等下都拉桑了誰開車下來，住山上吧？」小泓說。我望向阿崎，他竟然陷入思考。

「欸，你說得對欸。」我看著這兩位，認命的了解了真相：「我不喝，我可以開車。」我進家裡拿了外套和鑰匙，出來鎖好門，他兩人已經在車上等我。小泓在駕駛，阿崎坐在右後座。我原本要打開副駕的門，卻被小泓制止：「妳去坐後面，省得到時我女朋友問東問西。」哎，好吧。我默默滑進左後座，卻發現阿崎臉上有微笑。我扣好安全帶，從後照鏡望著我的小泓點點頭：「不愧是有素質的同學，出發了啊。」

有小泓在的地方，阿崎根本不用講話。這搞不好是阿崎從小話少的真相。往富源山上的路上，我這樣想著。如果小泓是我弟弟，那我應該也會從小話就很少，不然我會被吵死。他們雖然只差一歲，但個性很顯然是差得像山線台九跟海線台十一兩條不同路線。小泓的個性應該是像他們的美人媽媽，風趣活潑又熱情，有專屬的防乾灑水系統。至於阿崎，大概是像他們爸爸吧？我對他們爸爸的印象不深，印象中是個膚色黝黑，身材高瘦的男人。我沒跟他說過話，也沒見過幾次面，但既然是這種印象，表示阿崎的內斂沉默應該是像他吧。那晚，小泓告訴我，大家對他們兄弟的認知，他覺得是很表面的錯誤預設。「你們都覺得是我比較不乖，個性比較叛逆對吧？」小泓吐著菸圈說：「其實才不是這樣。明明最叛逆的是我哥。他是那種不會把心裡想甚麼講出來，默默照自己意思去做事情的人。那句成語叫甚麼？」小泓皺起眉認真思考：「啊對，陽奉陰違！就是在講他啦！」「有這麼嚴重嗎？」我有點意外小泓會這樣說。「反正意思就是，我哥其實沒在管別人想甚麼，或講什麼，他基本上就是活在他自己的世界。他對人，都是很好很客氣，是沒錯，沒人會覺得他沒禮貌，或是沒家教這類的，從小就是大家都覺得他很乖很內向。但就是……」小泓一邊說，一邊顯出有點苦惱，語氣急促，然後停頓了一下才說：「就是你不知道他真的在乎的是甚麼，有一種莫名的距離感。他不會跟人爭執，但也不太跟人溝通，你以為他是不擅長，其實是沒意願。我也不知道怎麼說，他的世界只有他自己懂。」我看著小泓熄掉菸，才慢慢的回答：「這不就是很藝術家的性格嗎？」「可是我不覺得他是甚麼敏感又脆弱的那種人。」「嗯……這不衝突啊。也許是他藏很深，你們都被他演技騙了。」「最好是。」小泓翻了個白眼：「如果他是gay那就很好理解，但他不是。」「你又知道他不是，搞不好他怕你們不能接受，所以不出櫃。」「他真的不是，我認識他前女友啦！」小泓說著看了我一眼：「他不是彎的啦！妳感覺不出來嗎？」「我……我是真的一直都覺得他有可能是彎，」我看著小泓認真的說：「可是不管他是直還是彎，都不會改變我對他的看法啦，嗯。」小泓瞥了我一眼，有點同情似的搖搖頭：「妳真的是瞎眼。」睜眼瞎這個症頭很正常。不管是怎樣的智者，都有一葉蔽目的可能，何況是我這種普通人。而且，我說的話是真心實意的。阿崎直也好彎也好，於我來說有甚麼差別嗎？對我來說，阿崎就是阿崎，這個人是阿崎，那就是全部的意義了。

我很久沒有到過富源的山上了，上次來都不知道有沒有超過十年。其實我最陌生的是我的家鄉，我才是我家鄉最熟悉的陌生人。十五分鐘的車程，遠遠不夠小泓講完他精彩的寵物店長的爆卦，但我已經笑到臉都歪了。我忍不住跟小泓說：「我真的覺得你是政客的人才欸，或至少公關人才也會是超強的。」阿崎沒甚麼特別表情的跟著講了一句：「我以為妳要說以他外表，至少也是夜王（日劇夜王）等級。」嘖嘖，原來阿崎是這樣的阿崎。小泓倒是毫不意外大笑回嗆：「拜託，誰跟你一樣個性惡劣。」停好車，才走進店裡，就已經有兩三個年輕男子從一張大圓桌朝著我們揮手。「阿唷阿唷好正的美女！」其中一個還用不小的聲量像Rap一樣唸起來：「阿唷阿唷不錯喔，哪裡來的漂亮的小姐，走在我家阿崎的旁邊，讚的啦讚的啦！趕快牽過來給小表哥看一下哈！」真的很有創意，我一秒笑噴。一桌大概七八個男男女女大家都跟著拍手起鬨，真是笑死我了。「欸欸你們不要醬，人家是國小同學啦！純的啦！我們都叫她蘇wawa（wawa意指小孩，取綽號時多用於小女孩）。」小泓一邊揮著兩手示意大家安靜，一邊走到我前面擋住太熱情的眾人：「你們這樣會嚇到人家啦！」這種場面我真是好多年沒經驗過了，覺得有點跑錯棚的幽默，所以我只是一邊笑一邊跟大家點頭算做是打招呼。「國小同學這麼漂亮喔！怎麼都沒有介紹給我啦！」我一邊忍笑一邊回答：「你說我喔，也算是早餐店公認的美女啦。」「統統都是帥哥美女啦你們，沒有醜小鴨啦，快點來坐下！」於是醜小鴨如我，就被夾在兩隻天鵝中間坐了下來。

這群人是跟阿崎兄弟算親近的拉千禧成員。五個男性都是他們的表兄弟和堂兄弟，其中兩位帶來了妻子，另一位女性則是他們的表姊。我還真是莫名的就亂入了人家家族的聚會。而且其中還是有幾位，堅持要誤會我是阿崎假扮國小同學的新女友，差點把我笑死。小泓後來就放棄解釋了，反正他也沒義務，是阿崎自己提議要帶我來的，小泓概不負責。而阿崎……嗯……坐下之後他確實好幾次清楚的跟大家聲明，我真的是他純國小同學，而且他顯然不善於應對太熱情的拉千禧們，三兩下就被虧得臉紅，我旁邊看了都忍不住笑歪。他看我沒有生氣或尷尬的樣子，就也沒再堅持強調下去了。但他也沒有把我已經結婚還當媽的事情講出來，小泓也沒有，我想是阿崎可能告訴過小泓，我沒有主動講出來的事情就是沒有想讓別人知道，那就不要替我公告。其實我在那個當下有想過要講出來，但有可能只是會讓阿崎被虧得更兇，尤其是一群人喝了酒嗨起來的時候真是不得了。

倒是他表弟要倒小米酒給他的時候，他把杯子擋住：「我等下開車，不能喝。」我覺得奇怪，不是我開嗎？我看了看他就說：「我開啊，你喝吧！」「我開啦，嗯。」阿崎不知道為甚麼堅持了起來。表弟看他不給倒，就把瓶子轉向我的杯子：「你不喝，就小姐姐喝了喔。」我心想幹嘛呢，這不是你的場子嗎？當然是你喝啊！我把杯子拿走：「我開啊，你盡量喝。」「我不喝啦，晚點要載她回家。」「欸你們這樣很不好捏，我手都痠了，要不要讓我倒啊？」小泓站起來一把接過瓶子，直接從桌上拿了兩個空杯倒滿：「喝，都喝！今晚沒人下山啦！」說完整桌都拍手了。我這人說真的沒法在大庭廣眾下跟人爭執，尤其最不能忍受破壞氣氛。而且心裡其實也有一點不爽快，所以也不想管他喝不喝，反正我是喝了。本人乾杯誠意到了，其他人隨意我不介懷。我乾完大家都拍手叫好跟著乾杯，至於我旁邊的人有沒有喝我真的沒看見。但我暫時沒有意願跟左手邊的人交流，就用左手撐著臉，默默微笑著看著兄嫂姊弟們張羅著菜色和羊肉爐。這種熱鬧的家族平輩關係，我是好久沒有感受到過了，其實心裡頗羨慕，竟然有點想念起自己的平輩兄弟姊妹們了。只是他們也都離我很遠，大多住北部，中南部也有，要能湊齊的機率簡直是零。「又發呆呢。」左邊的人輕聲說，傳來一點點剛才的酒香。看來也是有喝，我心想。「只是羨慕你們兄弟姊妹感情好。」我沒看他，小聲地回答。「大家都忙，要能聚一次也是不容易。」我點頭表示同意，但沒有想問那為什麼你要帶我一起來這裡，這肯定不是個正確的問題。

作為熱情的原住民的客人的好處，就是真的甚麼事都不用做，甚至連謝謝都不用說，只要把菜好好的吃完，酒也喝完就可以了。他們聊天時偶爾會穿插族語，我只能抓到少少的關鍵字，但其實就放過也無所謂，反正那個氣氛都是歡樂無比。以我的個性，老實說不屬於會有這一類的朋友的人。他們有自己的幽默感和笑點，喝酒唱歌開玩笑，都是與生俱來的基本功能，我光是旁觀就感染了那種愉悅的氣氛。而且，我剛好喜歡清燉的羊肉爐，也剛好喜歡小米酒。我並沒透露過這個喜好給阿崎，所以肯定只是剛好，不過，我也喜歡這種剛好，所以是真的開心。大約九點多的時候，店裡走進來六個年輕男女，阿崎的表嫂立刻向他們招手。欸？我心想不會吧，難道是要喝第二攤了嗎？

第二攤是正確的，不過這批可是年輕的支援部隊。其中兩個男孩是這位表嫂的雙胞胎弟弟（但是長相不一樣，應該是異卵吧），各自帶了女朋友，另一組男生和女生，是他們的高中同學，大家都特地回來投票，然後被叫來當司機。我毫不懷疑，身為部落的一份子，每個人的駕駛技術都是一流的。他們嘰嘰喳喳的討論一陣，三個女孩子就先騎著機車離開，表哥表弟們去買單，三個男孩子拿了車鑰匙去把車開過來，原來下一攤是要去星星部落。我覺得很興味，因為要是我，才不肯被叫來當司機，一定是自己跑上去約會啊！頓時覺得這些年輕人好善良，好單純，好快樂。但是阿美族原本就是非常互助的社會，這是個美好的傳統，有時甚至會給我一種，覺得社會組織連階級都很嚴密的感覺。想到這，我問小泓：「那表嫂的弟弟它們那一階叫做甚麼？」「唉唷小姐姐很狀況內喔，馬上就跟著叫表嫂了捏！」噗！我大聲地笑了出來：「不然要叫甚麼？叫你們表嫂的話不是聽起來很沒禮貌不親切嗎？」「喔有有有，很親切捏！」表嫂笑著走過來：「妳叫我喔？」「我剛是問小泓，弟弟他們那一階年紀的是拉甚麼。」「他們沒有很小啦！就是都蘭的拉立委啊！」「哎喔！還好年輕啊，年輕真好，要是我就自己跑去約會，才不來當司機勒！」「欸欸，身為一家人，義氣是很重要的，懂嗎？」堂哥一邊指揮三台開過來的車停車，一邊強調。我點頭表示我懂。

因為小泓堅持不肯讓別人坐副駕，後座依然只有我跟阿崎。幫我們開車的弟弟要我們叫他必魯，我說你剛沒來喝太可惜了，年輕男孩笑得很天真：「本來就要去星星部落的啦！」我看必魯和小泓你一句我一句，我就趁著沒人要我答數，一邊傳簡訊給我媽和我老公，說跟朋友到山上了，很晚才會回家。我媽只叫我自己小心，而我老公說他會看完開票，我回到家再打給他。

「妳幾點要回去？」阿崎問我。「我沒關係，只是要告訴家人一下。」他點點頭。阿崎和其他拉千禧們不一樣，他們越喝越嗨，唱歌划拳樣樣來，而他越喝話越少，越安靜。臉色也看不出來是否喝醉，我忍不住想他該不會是那種喝醉了會直接原地睡著的人。那樣倒是很阿崎。「妳在笑甚麼？」阿崎問，那聲音像從很遠的地方傳來。我轉頭過去看他，他的眼睛又黑又亮，真像黑夜裡的璀璨的星光，我忍不住嘆了一口氣：「我在想，要是知道會上來看星星，我想帶著我的螢光星盤來對照著看。」「妳喜歡看星星嗎？」嗯。我點點頭：「可惜我分數不夠好，考不上物理系，也沒辦法讀天文了。」必魯停好車，我們下車，我抬頭望著滿天燦亮的星星，真好啊，我心想。「但是那些都是幾百，幾千萬甚至幾億年前的事情了。」阿崎站在我身邊也抬頭望著星星說。「真的！」我聽著就笑了出來：「可是人類的心就是很奇妙，像是星星啊，風啊，雲啊，彩虹啊，這些不可捉摸的東西就是人類最愛的。」「妳的意思是最羡慕的吧。」阿崎說，看著我的臉上有微笑。嗯嗯。我點頭：「其實就是，嗯，自由吧。」嗯。我抬頭看他，微光裡他的眼神帶著笑意，有一種我無法形容的，永恆的美麗。

年輕人先跑進咖啡店裡吃東西補熱源，而我感覺其他人真的有點誤解我跟阿崎的關係，一直想做球給阿崎，塞了兩杯熱飲給他就叫他帶我去看星星。我覺得挺好笑，但看他也是無奈，就接過一杯熱紅茶拿鐵，說那就到外面去看銀河吧。周末這個熱門時段其實人很多很熱鬧，我說話的聲音不大，他幾乎聽不見，只能彎下來靠近我，搞得兩個人交頭接耳像在講悄悄話一樣。後來走到後面一條人比較少的小路上，因為沒有路燈，但也少了光害，整片灑滿夜空的星光真的讓我感動得想哭。阿崎腿長就是方便，隨便一跨就踩上去一塊比較高的大石頭上，我把杯子遞給他，還在思考我要怎麼上去，他把杯子放一邊，一邊膝蓋跪地，腰彎下來朝我伸手：「妳站這，我抱妳上來。」我眨了兩下眼睛，原本想拒絕，可是他的雙眼乾淨而清澈，有種讓我回到小時候的錯覺。我像被牽了魂一樣站到他示意的那塊石頭上，才把兩手抬起來要去拉他的手，他卻把兩手伸到我腋下的位置，一下就把我舉上去了。我恍神的看著他站起來，拍拍長褲上的灰塵後，又去拿了杯子回來遞給我。「冷嗎？」他問：「這裡的風比較大。」我搖搖頭，手裡的杯子還是溫熱的。「妳怕高？」他看我呆呆的樣子，以為我是被這裡的視角嚇呆。我瞥他一眼扁了扁嘴：「你才怕高，還要我握你的手。」「噓，不要把我講出去，我要顧我的形象。」我狐疑地轉頭去看著他：「甚麼形象？」他笑了，卻不回答。我不屑的朝他弄了個鬼臉，一邊往下眺望著夜景，一邊喝熱飲。大概是阿美族勇士的形象吧，我沉默地想著。我從小就是個矮冬瓜，說好聽點是迷你，實際上就是發育不好，但大家總是很善良的說我這是維持著十四歲的樣子。原則上並沒錯，因為我從十四歲之後就不曾再長高，停在低於平均的一五五。至於體重，也沒甚麼變化，生了孩子之後還是回到四十三。也是有朋友真的很壞心的，就說我大概是十四歲那年被吸血鬼咬了，所以才會被凍結在那裡。要是那樣就好了，要是那樣我就上Nature（科學期刊）了，還在這裡苦哈哈的熬畢業幹嘛。而阿崎，從小時候的比我高十公分，到現在長大比我高至少二十五公分，是不可能體會我對他這種人的怨念的。至於體型……從他的臉型，身型，和露出來的前臂來看，當然不算是壯碩的，不過能兩秒把我舉上來……我也只好判斷他不可能是瘦弱文青的類型。是的話也很奇怪，阿崎小時候也是棒球隊，現在還爬山，再怎麼瘦也不可能是弱的那種，我還是算了不要再思考我跟他的落差吧！

不知道他在我心裡的小草人已經被插多少針的阿崎看我不說話，便跟著安靜的在旁邊仰望著星空。技術上來說，他比我更靠近這片星空，而且眼睛也比我好，應該看得到更多的星星。「欸，」我出聲叫他，他低頭轉過來看我：「嗯？」「南美看到的星星，跟這邊完全不一樣欸。」「嗯，對啊，跟習慣的不一樣，感覺有點奇妙。一開始很錯亂，因為找不到熟悉的座標，後來覺得機會難得，像發現新大陸一樣。親眼看到的感覺，跟知道還是兩回事。」阿崎從小，算是有名的，很難聊的那種人。大多數時候都是沉默著不說話，雖然表情不至於面癱，畢竟還是屬於被動問答的類型。但現在我覺得，好像是因為不容易找到他的正確打開方式。如果是他有興趣的話題，其實他是頗能提出自己的想法和描述感受，很藝術家。這個其實完全是我的垃圾分析，因為所有人都是這樣的，請問有誰不是。於是我再次修改我的陳述，我想是因為發話者的問題，嗯。「可我還沒去過南半球。是應該找個機會去的，只是不知道要等到何時才有機會。」我悶悶的說，因為這個心願看來是很難達成。以我目前的處境來說，很可能五年內都沒有機會。「我以為妳去過好幾次了。」他有點意外的看著我，我落寞地搖搖頭。「本來是有機會去參觀智利La Silla天文台的，」我遺憾的說：「可惜我跟那人分手了。」他沒應聲。我講這個幹嘛呢，哎。正想轉移話題，他問：「妳是遺憾跟那人分手，還是遺憾沒去天文台？」噗。我笑了：「哎呀呀，當時是遺憾分手啊，現在當然是遺憾沒去天文台了嘛！」「我也沒去，我們只去了Paranal天文台。」他靜靜地說。「真的？」我忍不住轉頭看著他。他點點頭。

人世間的事情就是這樣。有心栽花花不發，無心插柳柳橙汁。我心中那個貼著阿崎名字的小草人心口上又挨了一針，阿崎想來是不可能理解我對他這種混和著羨慕，嫉妒，和恨的複雜情緒。或者他即便知道，也毋須在意。他早都該習慣了。以阿崎的條件，應該是人生當成拍一部偶像劇，而且他作為男主角的光環可以繞台灣三圈。嗯，這樣說好了，我了不起是他這部人生偶像劇裡的路人，就出現幾個鏡頭吧，連台詞都不需要有的，活動布景而已。我也不明白為何我對於我自己之於阿崎的意義會這樣詮釋，我雖然對他懷著羨慕嫉妒恨，但那並不是真正的恨意。大概是還很孩子時期，對某些有光環的同學那樣的情緒吧，我意識到我對阿崎的心態似乎沒有長大，只是我自己變老了。而現在眼前成年的阿崎，其實是一個陌生人。我們忽然都已經長大，瞬間就來到了三十歲，早就過了拉千禧成年的千禧年，卻其實錯過了彼此長大成人的過程。我早不知道阿崎是怎樣的阿崎，他也不知道我是怎樣的我，我們對彼此究竟是熟悉還是陌生，這瞬間我的疑惑不能抑止的增生擴大了。我在時間軸上迷失了。我們所在的這個四度空間，時空沒法任意扭曲，因此我無法用我所認知的宇宙自我說服，所謂的時間並不是連續的，其實對宇宙而言，沒有所謂的過去，現在與未來。而我眼前的現實，我所在的觀察點，無法透視我與阿崎各自的時間軸。我們在各自的量子態中經歷了人生種種，在某個時空裡一起長大，分開，又重逢。我們依然是我們，又已經不是我們，時間這個參數，總是深深的困擾著我。說不定就是因為這樣，我其實悟不透量子理論和宇宙的物理，那個哲學的核心我沒能通過考驗，因此無法加入這一行也是很可以理解的事情。光是這麼簡單的人生離合，就已經把我的思緒糾結成一團混沌，再好的分析邏輯訓練，還是不能克服那個缺一點就通不了的慧根。

就在我還在深自檢討究竟該如何才能打通我的任督二脈的時候，阿崎打斷了我：「妳在想甚麼?Paranal天文台的參觀，妳想聽我就說，不想的話，就不說。」我立刻回神：「欸，說啊！我想聽。先說你是怎麼去的。」他的眼睛閃著像星星似的光彩，臉上長長的酒窩淺淺的摺起來，神情像在回憶著甚麼神祕而遙遠的事情一樣：「本來是沒有計畫要去的，但是José的姊姊和姊夫在那裡工作，說很多天文迷都是特地去那裡朝聖，所以我們就去了。」「在那裡工作！」我提高的聲量大概有點嚇到阿崎，他眨了眨眼睛：「妳是不是很羨慕人家？」嗯。我悶悶的嘛起了下嘴唇，那可是我這輩子都不可能實現的夢想啊！說到底，我的確是才華天分不夠支持我去追求那樣的夢想吧。「為什麼要覺得自己不夠好呢？」他聲音溫溫的問，不帶任何批判或針對的意味，單純就是一個問題被拋出。「嗯……因為我確實是不夠好啊。」

我坦然地承認我對自己的定位，實話說，我已經接受了這個現實，也已經不會為了這個真相而難過或失落。既然我還認為自己算是個起碼入流的科學家，那任何的真相不管我喜不喜歡，我都一概能接受。真相只有一個，哪怕它讓我失望，我都不會放棄我尋找真相的初衷。「妳沒有不夠好，」阿崎加重了語氣：「妳是我們裡面最好的，從來都是。」

我們？我對這個代名詞產生了疑惑。我們是誰，誰是我們？所謂的最好，又是如何評斷的呢？是基於甚麼標準，阿崎會說，我是「我們裡面最好的」？我對阿崎的結論沒有惡意，我只是乾脆而直覺的把他的敘述連結，指向了一個很大眾的解讀。而我從沒想過有一天會聽見阿崎這樣對我說。如果他是這樣看我，我不會很意外，人的本性裡總有善良客氣的一面。「我沒有哪裡特別好，就是考試的運氣還可以。」我原本看著天上的星群，但一邊說我就一邊低下了頭，看著山下芸芸眾生的萬家燈火。「每一次嗎？」阿崎靜靜地問。我搖搖頭。「運氣才是真實力。」他說，並不是戲謔玩笑的語氣。

我把杯子裡剩下已經涼掉的飲料一口喝完，一時間想不透他這麼說是甚麼意思。也許阿崎看我產生疑惑的樣子，他接著說：「機會是給準備好的人。如果妳毫無實力，運氣也只會把妳壓垮。」「我不是毫無努力啊，我一直都是認真的人。至少認真負責這一塊，我覺得我算是好的。但是那跟天分或才華無關。」我把原本要說的話止住了。我不想針對任何人，包括阿崎。何況我並不知道他沒有繼續打棒球的原因，貿然舉這個例子實在太不禮貌。雖然我知道當時在球隊裡，阿崎並不算是突出的小球員。或換個方式說，並沒有被教練或球探視為有未來的潛力股。後來我上國中之後其實也能看懂幾個很基本的理由，無論是身體或心理素質，或是天分跟毅力，阿崎明顯沒法比得上跟我們同輩的其它球員，例如陽耀動。「我的意思是，」我側過頭去看著他，他的神情認真而顯得有些嚴肅，深黑的眸光灼灼盯著我。我想起了和好友潔西討論過的對話，完全就是針對這個場景設計出的結論。「每個人當然有天分的面向不同，不管是甚麼總是會有的，但是，」我微微嘆了一口氣看著他：「很有興趣的事情，你在那方面的才華卻不見得夠你以它維生。」阿崎看著我沒有反應，眼神也毫無動搖。我便繼續說：「相反來講，若你能賴以維生超過好幾年的那一行，你自己或許不喜歡，但那表示你在那方面也是有才華的，至少達到了能賣錢的程度。」「意思是漫畫家畫醫生的故事沒人要看，但醫生寫的小說有人買單。」我不置可否，某種程度上來說，阿崎這樣說也沒錯。「我沒有要指名任何的實例，我只是在描述我自己。你說我是我們之中最好的，而且從來都是，我覺得很困惑。」我不想對阿崎有所隱瞞，當然也不會想對他說謊，無論他是否喜歡，我都會盡力把我所想的表達出來。後來想想，我終究是個天真而任性的科學家性格。我抬眼看著阿崎：「那個你說的，所謂我的好，是我無法理解的東西。」「原來妳不瞭解自己嗎？」他微微瞇起眼睛，歪著頭看我：「妳應該知道妳某些能力明顯比一般人好，而且，很勇敢，也非常的堅強。如果妳是拉千禧的男生，長老一定會非常欣慰。」我瞄了他一眼，點點頭，做出恍然大悟的表情：「原來我過人的優點，就是像個男生啊！」阿崎搖搖頭，表情是一種恨鐵不成鋼：「可惜妳不是男生，然後有兩點不及格，服從跟紀律。」「啊這倒是，我只服從我自己，會造成別人管理的麻煩，紀律這種東西嘛，會造成我的麻煩。」嗯。阿崎點點頭，眼神裡露出了一點笑意。「內心的叛逆也是妳的優點。」我瞇起眼睛抬頭看著他，像我這麼從善如流的人，很少被人說成內心叛逆，頂多被說成冷淡或孤僻，但真要比後面這兩樣，我應該輸眼前這個人好幾條街。「I took it as a compliment.」我說。阿崎頰邊長長的酒窩淺淺折起，眼睛裡閃著調皮的光。眼前的男人與記憶裡的男孩似乎已漸漸重合，只是記憶裡的那個男孩，我不曾見過他這麼多層次的表情轉折，也不曾聽過他說這麼多話。「妳總是很勇敢的走在自己的路上，所以，不需要覺得自己不夠好。」是這樣嗎？阿崎描述的人，我不確定是否符合我的人設。而且，我有其他一些無法一併概括的原因，雖然想想，又有誰不是如此。我聳聳肩膀，盡量用輕鬆玩笑的語氣表達了我的摘要：「我是那種回家的三天就想改車票的人，嗯。」哈。阿崎笑了，搖搖頭：「這幽默感不錯。」我對他眨眨眼，意思是彼此彼此。

「現在可以講去Paranal的經過了嗎？」阿崎問。「拜託快點講。」我一邊抬頭望著天上巨大明亮的獵戶座一邊催促他。「故事有點長，如果妳想上廁所要先去。」被他一說，我覺得很有道理，正想從大石頭上往下跳，他一手把我擋住：「暗暗的危險，不要跳。」嗄？那我怎麼下去？接著我就看阿崎一手在背後撐著長腿一踩就下去了，然後他伸出兩手：「我接著妳下來。」我皺起眉毛鼻子想拒絕，被他一眼識破：「快點，不要浪費時間。」我把兩手環抱住他肩膀，不到一秒他就把我擺好在地上了。結果一轉頭就看到歪著頭看著我倆微笑的小泓。「我剛剛一秒以為妳要親下去了欸。」「親你大頭，你拉桑眼花。」我撇撇嘴走過小泓身邊，嘖嘖，我覺得他還能站著真是了不起，這種程度怕是天亮也不會酒醒。所以到底今晚要怎麼下山？我邊走邊想，身後兩兄弟用族語交談著。我走回來的時候，兩兄弟在原處吞雲吐霧，我看到就沒有再靠近。摸出外套口袋的手機看了一眼，十點五十分。店裡的電視正如火如荼的播報著選情，而我卻感覺像被隔絕了一層水玻璃一樣，不遠處喧囂的人聲甚至構不成背景干擾。兩兄弟朝我走來，菸是熄了，但我仍聞得到那個苦涼的味道。「選舉結果出來了？」小泓問。「沒那麼快，不過立委是差不多了。」小泓輕聲笑了：「也真是不知道在投甚麼意思的。」不知道為甚麼，我感覺我懂得他的話意，但是要我接話，我卻覺得我沒甚麼立場說話。我看著立委名單，問了我長久以來的疑問：「所以你們的選區是，平地原住民？」嗯。兩人點頭。喔。我內心的疑惑其實還在那裡，我抬頭看向他們，兩個人盯著大電視螢幕的表情居然一模一樣的冷靜而沒甚麼反應。呃……我停頓了兩秒，阿崎轉過頭來：「妳剛說甚麼？」他身上又苦又涼的菸味讓我瞬間大腦清醒，可是我看向他的眼睛，那像兩潭深泓一樣的深黑的眼瞳現在卻毫無光彩，那是一雙盛滿了失望，卻情緒平靜無波的眼神。我忽然不知所措，我看懂了，但我不知道如何回應。他並不需要我的同情，甚至也不需要我的理解，而說到底，我又能理解他甚麼呢？他並不需要我自以為是的理解和關心。我一邊想著一邊忍不住攏起了眉頭。「妳幹嘛。」小泓跟著轉過來問我，他醉意明顯，臉上微笑起來，顯出一種無辜的樣子。「沒，我本來只是要問為什麼你們選區是平地原住民，想要山地原住民不可以嗎？照理說應該也要可以投台東選區啊。」「妳爸媽生妳是甚麼妳就是甚麼。」小泓收起笑容，一臉正經地對我說。「欸。」阿崎出聲制止了小泓，一手過來把我拉向自己：「小泓喝醉了。」小泓看著他拉我，又笑起來，伸出一手往嘴上比了一個縫線的手勢。「沒甚麼，小泓說得對。」那就是你我人生的現實。「我只是，有時不能理解神的安排。」「因為妳心中沒有神。」阿崎靜靜地說。我皺起眉看著他。是啊，你的神不是我的神，我怎麼會懂。「妳不需要懂神，妳只需要懂妳自己。」阿崎說這話的時候，我不能確定他是不是在對我佈道。「妳懂了自己，就會明白神對妳的安排。」我嘟起嘴，但沒有要分辯的意思。在很多年以後，我依然不明白神對我們的安排，我想或許終我一生我都無法明白。

十一點半的時候，必魯開小泓的車載我們下山。小泓徹底拉桑沿路開著車窗大聲唱歌，這時我想著，人帥真好，要是人醜，可能會被報警因為沿路製造噪音擾民。小泓歌聲坦白說還不差，憑他的外型要混偶像應該也可以，但那就完全不是他會想幹的事。小泓聲音太大，我根本沒法聽清阿崎跟我說甚麼，而且我一直在擔心小泓伸出車窗外的頭跟手實在太危險，可是開車的必魯只是從頭到尾笑個不停，一點沒要制止小泓的意思。唉。我無奈地閉上眼睛，不然我心臟可能會嚇停。我醒來的時候，是阿崎把我搖醒。「欸，到家了。妳家到了。」噢。原來我靠在阿崎肩膀上睡著了而且，沒聽到Paranal的事情！

第三折

回家

投票日那晚去山上，是好多年來我不曾經歷過的生活形式。那不是會在我的交友圈裡再次發生的經驗，然而我卻覺得充滿感恩，想起來都會微笑。除了因為小泓喝醉狂唱歌，害我沒法聽到Paranal天文台的後續，讓我有點哭笑不得以外，不過那也沒關係，總有機會可以再聽阿崎告訴我的。

2012.1.16 星期一

禮拜六回到家已半夜，我累到不記得是怎樣靠著意志力洗澡刷牙到床上睡著的，而我隔天醒來的時候已經接近中午了。吃過午飯，我媽問我甚麼時候要回婆家，票買了沒，不要做甚麼事都散仙散仙。我心想，要是我這款人還不能算盯金，那天底下大概無處不散仙。但這提醒了我確實應該自己主動問一下阿崎，看他們甚麼時候北上，能否順路載我，如果時間搭不上，那我就得快點訂票回彰化去。「你們有決定幾號回西部嗎？如果可以的話我就跟你們一起回去？」我簡訊問阿崎，結果打來的卻是小泓。「喂？」我一答聲，小泓就一串講完：「欸，我們明早回成功啦，妳跟我們走啊，晚上住我家，隔天直接走蘇花，這樣比較順路啊！我叫我哥問妳，他說甚麼要回台東接妳，要繞南迴，那麼麻煩是在幹嘛，到桃園你再高鐵回中部就好啦！」嗯，小泓說得有道理，他們如果要回成功，又要繞回台東來往南迴其實不順路。但是，去住人家家這個，我正在猶豫，小泓聲音又響起來：「欸，妳不想回成功看看嗎？我家有多的房間啦不用擔心，我跟我爸媽說一下就好啦！」可是，嗯。其實，這件事情如果不問阿崎，或許也無所謂，因為我和小泓本來也是朋友。車是他的，家也是他的，問不問阿崎大概不要緊。但是我不想他們兄弟意見不合，也不想麻煩人家爸媽。「那個，是不是應該問一下你哥和你爸媽意見啊。」我說。「我哥說好啊，只要妳OK就好啊，我爸媽可以的啦，他們認識妳啊！」小泓說。好吧。雖然阿崎沒有自己打來問我，但是以小泓的習慣，把事情接手速戰速決是正常發揮。「那明早幾點？要先跟你爸媽說喔，而且不能麻煩他們。」「小事一樁啊，十點去妳家載妳，妳東西不多吧？」「嗯不多，就一個旅行袋子。」「那好明天見，有事打給我哥，bye啊。」說完直接掛掉電話。這行事風格真的很小泓。

其實我從來沒去過小泓他們家，他們也沒來過我家。為什麼喔？理由很簡明，我們小時候那個年代，男生跟女生過了小學二三年級就不太會一起玩了。在我們的小學裡，男孩通常上了三年級就會開始練習棒球，而喜愛運動的女孩就有可能去練習壘球。阿崎跟我不同班，小泓比我小一歲，我們不過是因為家住附近所以常在路上遇到，但其實沒有甚麼一起玩的印象。一直到五年級的時候，因為學校校舍教室大整修，幾乎有一大片整個拆掉重蓋，於是就出現併班，還分成早上班（只上半天，中午就放學）和下午班（只上下午，五點放學）分時段上課的情況。阿崎的班級被拆成一半，然而他是被分到下午班去，我的班級併過來的是早上班。有幾次因為併課的關係，我也和他一起上過課。不過這些印象都幾乎忘光了，之所以記得上午和下午班的事情，完全是因為兩邊互相羨慕對方：早上班的羨慕下午班可以不用早起上學，前一晚可以玩到很晚；下午班的羨慕早上班中午就放學，有整個下午可以在外面玩，不會被大人管。不管如何分如何併，其實我跟阿崎交集的機會從來不多，尤其他並不主動跟人來往，反而是小泓開朗活潑，到處很受歡迎。在我們小時候那個年代，只要成績好就是好學生，定義倒是很粗暴簡單，現在想起來，真不知道是當時的大人單純還是小孩單純。所以，同學的爸媽如果認識我也不意外，反正一個班級三十幾個人，家長看成績單的時候或許除了自己的孩子，也就是頭尾看一看罷了。阿崎小泓打他們的棒球，我讀我的書，我們住得很近，卻像被冰河隔開的亞種一樣各自演化。我真正跟阿崎對話的次數，應該十隻手指頭數得完，至於我幫別的女孩拿情書給他的次數，好吧，應該也是數得完。在我印象中，我跟阿崎最長的一次對話，也是發生在我幫一個女同學拿信給他（至於為什麼大家都要託我拿，我一直以為是因為住得近，幾乎每天都能遇到。假如我這個早上班的在中午下課後，就在外面一路玩到下午班也下課的話）。後來一直到快畢業了，才有同學意外的告訴我，是因為別人拿給阿崎，他通常會面有難色然後不收，如果偷偷放他抽屜，他大多都只看一眼，沒打開就丟掉。從小小泓就說他哥個性惡劣，好像不算冤枉阿崎，再怎麼說，要丟掉也可以拿回家再丟啊！為什麼要把別人的心意就這樣棄如敝屣，哎。不過也是同一次對話，才知道其實他們爸爸管教他們兄弟非常嚴格，看到這類東西會不高興，因此他們從來不把這些東西帶回家，免得被發現還要被責罵。但是，我拿給他的，他都會收著帶走，不會當場直接丟掉。於是後來我幾乎是專屬的信差，說實話，大家不嫌煩，我都嫌煩了。我對那次有印象，也是因為覺得這位阿崎同學的邏輯果然奇葩。

印象中的對話和事情發生大概是這樣的順序。「那個，賴亦崎，這個，有人要我拿給你。」我照慣例把一個折得很小的信紙遞給他，他照例沒伸手，問：「誰？」「我不認識。」我雖然苦惱，但我已經麻痺。「不認識，為什麼要幫？」「你扶老婆婆過馬路會先問她名字嗎？」「又不是老婆婆叫妳拿給我。」我皺起眉看著他，真想鬆手一丟就走。突然他伸出左手，朝我攤開手心，我愣了一下，連忙把手上的信紙塞給他。結果他卻握住了我塞信紙過去的四根手指，一邊問：「那個人還說了甚麼？」有嗎？那女孩還說了甚麼嗎？喔，有。「那個女生叫我問你平常都聽甚麼歌，可以交換卡帶聽對方喜歡的。」沒錯，那還是卡帶的年代呢。「最近很常聽槍與玫瑰（Guns N' Roses）。」他說。「欸？真的嗎？我也很常聽欸！」我有點好奇的問他：「你為什麼會聽那個？」「那妳為什麼聽？」「因為我哥我姊聽啊，就跟著聽了啊！」「我也是。妳學英文了？」我搖頭。「那妳怎麼知道歌詞內容是甚麼？」「我姊有時候會告訴我，不過，大多時候我哥說都是不好的意思，或是罵人的話不要學。所以你學英文了？」嗯。他點點頭。我有點吃驚，近三十年前，鄉下地方不太有人才小學五年級家裡就要他學英文。其實那當下我是有點同情他，倒沒想過要羨慕他比我早了解Axl寫詞的內容。「我要回家了。」我說，低頭看了看他握著我的手。我是天生容易手腳冰涼的人，他的手心明顯比我手指溫暖很多，他握得其實不緊，我一下就把手抽回來了。那天回家後的晚上，我聽著哥哥的Use Your Illusion 2卡帶睡著，在那時候，AIWA的隨身聽可是少數能自動播放卡帶A B兩面的奢侈品。

從那次之後，阿崎遇到我，依然不會主動打招呼，但是會微笑著看我一眼。但我其實並不希望別人發現這件事，因為那表示我得送更多的信，我不想給自己增加麻煩。後來有一次我遇到小泓，忍不住跟他抱怨當信差這個事情，他竟然毫無同情心的大笑，說他哥就是個性惡劣，不如收件人都寫他名字，反正他哥拿回去也是不看，都丟給他處理。「真的假的？」我半信半疑瞪著小泓。「真的啊，反正寫來寫去也都是差不多的範本，沒甚麼創意。」小泓無所謂的下了一個結論。實話說，小學五六年級的女孩要在情書上變化出甚麼創意，在那個沒有網路可以找參考資料的年代，還真是個過分的要求。後來我就告訴那些要我轉交的女孩們，不如直接寫給賴亦泓，還比較有機會，再後來我就很少當信差了。

如果是當時的小學生的我，不可能會去住小泓家，他也不會想讓我去。

因此，長大畢竟是件奇妙的事情，似乎解鎖了某些被關閉的功能，因為在乎的事情已經不一樣了。或者說，回家的路太長太難，因此同路人必須互相扶持，才能走得輕鬆順利一點。在這條回家的路上，我受過太多人幫助，我也不會吝惜給予別人幫助，回家的心情大抵就是這樣的共鳴。我看著手機，既然小泓是用阿崎的號碼打來的，應該阿崎是知道這件事的。但我想了想還是傳了一個簡訊給他，表示我已經跟小泓說好，明天照小泓的提議行動。過了幾分鐘，他回覆：「好，明天見。」還是一樣簡單而沒有情緒起伏的訊息，不過，這樣就可以了。對於和朋友之間的互動，我算是佛系的類型，我不期望對方要給我好的待遇。人是互相的，大多時候我只希望對方給我普通的待遇就很好，兩方都比較輕鬆。生活已經很累，人與人之間實在不需要更多的框架壓力了。所以，阿崎對我，並不需要比他對其他人更好，他只要像對待其他人一樣對我，我就會很開心。相對來說，假設他對我比對別人差呢？我覺得人要公平，那我就會用同樣的方式回應，或者減少來往，我既不能強迫別人喜歡我，那我也不強迫自己喜歡別人，公平還是很重要的。

隔天星期一早上十點多一點，我聽到門口有停車聲音，把東西拿著出門，就看到阿崎下車，問我有多少東西。我舉起兩手兩個包包，他把旅行包包接過去：「就這樣？」嗯，我點點頭，回過身去鎖門，然後把鑰匙丟進信箱。開車的依然是小泓，後座依然是我和阿崎。「吃早餐沒啊？」小泓問。有，我點頭。「東西都有帶到？」阿崎問。我翻了翻自己的包包，確認手機錢包鑰匙都有，「都有。」「那就出發嘍。」小泓戴上太陽眼鏡，彎出的笑臉像是開F16的飛官那樣帥氣。小泓和阿崎並不是對自己太陽神般的光芒無所覺，小泓只是很坦蕩的不在意，而阿崎，或許算是很隱諱的不在意吧。我也把太陽眼鏡戴上，靜靜的看著窗外不斷向後倒退的景色。雖然我從上國中就搬到台東市，但是很微妙的是我仍感覺我對它並不太熟稔。我上大學那年離開台東，再也不曾回到台東長住，我卻自覺成功比較像我心理定義上的家。或許因為那是我出生長大的所在，而人在越年輕的時候，感受越深刻，因此相對來說，我在心理上的自我定義覺得自己是成功人。蘇某，台灣人，台東成功人，這是我完整的自我認知。我從來沒有問阿崎和小泓的自我認同是哪裡人，我常想對他們而言，這根本不是正確的問題。Amis，北方的人。阿美族，都歷拉千禧，他們與這塊土地的連結渾然天成，根本無需定義。羨慕嗎？或許是的。尤其在我旅居歐洲十多年以後，那個人與原鄉的連結紐帶更加的突顯出來，同樣是離鄉在外漂泊，卻是完全不同的心情吧。我想我有著他們無法體會的，悵惘的心情。我總是不斷地回來，離開，再回來，再離開。而他們卻深深的與這片土地互相擁抱在一起，從未分開，甚至在死後，都將回到祖靈的懷抱。而我，或許終其一生都飄泊在外，對故鄉只能深深的懷念但無法貼近。

「欸，你們都不講話，很悶欸。」小泓突然發話，我轉頭看後視鏡裡的他，再看向另一邊的阿崎，阿崎看了我一眼，也看向小泓：「要講甚麼？」

「隨便啊！喂，你們那天不是一直在聊嗎？」「我怕干擾你專心開車。」我說。「騙鬼，干甚麼擾。」小泓撇撇嘴。「你專心開車。」阿崎接著說：「不然我開，你來專心聊天。」「到東河換你，我要嗑包子，蘇wawa妳也要包子吧？」東河包子嗎？當然要。「到的時候妳下去買，我把車往前停，順便跟我哥交換。」好。我一口答應，心裡想著，我也好想喝米漿。「爸跟媽說中午一起到都歷吃飯，你還買包子。」阿崎臉上的表情幾乎沒動，隨手就潑我們一杯冷水。「拜託，就一顆包子能有甚麼影響，到都歷也不會馬上就吃飯啊，一年才吃幾次東河包子。」真的。小泓簡直是道理王，我一邊點頭贊同一邊瞄了阿崎一眼，他沒接話，該不會是生氣了吧？不可能，這種程度才不可能激怒他，可是面癱是甚麼意思，哎。「那個，你們要甚麼口味的包子？」我想突破一下這沉默的氣氛，沒想到阿崎居然毫無反應。小泓從鏡子裡瞄了我一眼：「我要一個肉包。」嗯，我點頭表示記下了，隔壁的人卻還是沒接話，我只好看向他用眼神詢問。阿崎把原本對著窗外的視線轉過來看著我，我正要再問一次，他說：「那妳呢？」「噢我嗎？我喜歡榨菜的。」「那也幫我買一個。」他接著說。噢噢，好。我點點頭，餘光看見鏡子裡的小泓瞄了我一眼笑起來，哎這個人，實在很壞心。「欸，那個，所以中午要跟你們爸媽一起在都歷吃飯？」「噢，對啊。」小泓點頭：「這次回來沒甚麼時間可以去都歷，順路去跟大家吃個飯。」大家，這真是個很籠統的描述啊。「妳有甚麼不吃的嗎？」阿崎突然問我，我不想造成他們的麻煩，但也許不講出來會更麻煩，我只好說：「嗯，我不吃牛肉。」「這簡單。」小泓說，阿崎也點點頭。「如果妳不想跟一堆人一起吃，可以叫我哥帶妳去街上吃啊。」小泓接著說。啊？這樣不好。我趕緊接著說：「哪有不想，禮拜六不是很開心的嗎？」「那就好，我是怕大家看到妳太興奮。」嗯？「你專心開車。」阿崎用一個冷淡的眼神制止了小泓繼續說話，小泓倒沒反彈，嘟起嘴吹起口哨來了。他兄弟倆相處的方式，有點像太極陰陽，一靜一動，虛實交錯相生。阿崎對人的體貼，是保持安靜，讓對方說話，他聽。而小泓則完全相反，他自發性的灑水防乾，減輕對方在對話中的壓力。兩個人雖然是截然不同的個性，不動如山，上善若水，倒是很符合都歷那片山海風景給人的感受。

車開到東河，小泓放我下店門口，我進店裡買了包子和米漿豆漿紅茶，拿出來時他兩人已經在一張桌子坐下。我放下餐盤，拿出包包裡的酒精濕紙巾開始擦桌子擦手。小泓看了直搖頭：「妳這種哪像是山上長大的孩子啊，搞得太乾淨了不要吧！」阿崎則毫無抱怨的接過我給他的溼紙巾擦了手，拿起包子紅茶就開始安靜吃喝。小泓跟著打開他的包子和豆漿吃起來：「奇怪，也不是說不好吃了，可就覺得好像不是小時候那個包子的味道了。」嗯嗯，我點頭贊同他，皺起眉來思考：「真的，不知道是為什麼，我也想不通。以前一個月大概會吃個兩次左右，那時還在警察局對面那個大樹下，場景都還記得。」「那時候可能還是半手工，現在只是賣名氣了吧。」阿崎說，臉上表情平靜，跟個出家人似的。「真感傷，真是往事只能回味。」小泓說，一邊瞄了我的米漿一眼：「米漿好喝嗎？」「還可以，挺普通的。」「借我喝一口看看。」小泓說。我倒了一點進他的空杯子，他喝一口：「還真的是很普。不過，下次我們三個人同時坐在這裡一起吃包子不知道會是哪時候了，所以，想一想還是有加分。」哈哈哈哈，我們一起笑了。望向海景，說的也是，最難風雨故人來，今夕是何夕啊，不能辜負這海天一色和包子。米漿普通，我剩了大概三分之一杯沒喝。「喝不完，要帶走嗎？」阿崎問。我嘟起嘴，猶豫要不要帶走。「不要我就把它喝完了？」「噢，但它很普。」「剩一點而已，不要浪費食物。」他說著一邊撕開封膜，幾口就把米漿喝完。小泓一面收拾餐盤跟空杯拿去回收台，一邊對我眨眼睛笑：「謝謝小姐姐請客吃東河包子。」哈這個人，不講點甚麼就渾身皮癢。阿崎長長的酒窩也淺淺的折了起來，接過小泓給他的太陽眼鏡和車鑰匙，接手開車往都歷。

「小時候過舊東河橋，還覺得會有點怕怕的，現在這樣看過去，只覺得它真美。」我從新橋這邊望著舊橋，從日本時代就矗立在馬武窟溪出海口，一邊是海岸山脈的蒼岱另一邊是太平洋。橋下大石縱橫錯落，險峻氣勢不輸太魯閣的峽谷，碧青的溪水倒是波瀾不驚的靜靜曲折在白色石塊群之間，最後注入淺藍色的海洋。「這橋幾歲了？該不會比我們三個加起來還老吧！」小泓回頭望著舊橋，阿崎已經在路口停下等著左轉：「應該還沒老到破百歲吧。」「總之是了不起的橋啊，日本時代的建築美感還是強。」我看著舊橋靠近眼前，小時候覺得它又黑又高，巍巍聳立在蒼綠色的樹間頗神祕，現在回憶浮上來，卻覺得它和藹可親，像個老爺爺樣般對我們招手。「小時候還常去泰源呢。」小泓說，阿崎停好車，我們三個自動下車，望著牌樓再望著舊橋。「泰源那個隧道，小時候不管走幾次都覺得怕。」我一邊回憶那個隧道，一邊看山又看海，早都是看過好多次的景色了，可是細節依然記不清。「那個隧道現在可是古蹟了，改叫做小馬隧道。」阿崎說：「大家小時候還真是勇敢，都敢直接摸黑走。」「哈哈哈開玩笑，怕的是小狗。」小泓大笑。哈，還真的是。小時候膽子大，一群小鬼在一起還有甚麼不敢做，不過是摸黑過隧道而已，還要牽別人手的就會被笑是膽小鬼。這些回憶現在想起來，懷念又陌生，要是沒有阿崎跟小泓在旁邊，可能會太過感傷，但現在一起回憶這些小時候的事，卻感覺非常歡樂。那記憶即便久遠模糊，也像活了起來似的，重製了色彩和聲音，甚至那句不知道誰說的：「後面的快點！怕的人是小狗！」都能重現那個調皮的語氣。「幹嘛傻笑，」小泓下巴示意我：「走啦。」我點點頭，那群孩子在隧道探險的氛圍好像還在身邊。「很想去泰源嗎？」阿崎一邊開車門一邊問我。我搖搖頭：「其實也沒有，但絕對不是因為怕。」他笑了，長長的酒窩這次折得很深，太陽眼鏡上映出我也笑著的臉。

「原來過了橋就是成功喔。」我說，奇怪以前好像沒有這個路牌，所以我根本沒注意過這回事。「嗯啊，妳不知道嗎。」阿崎從後視鏡看我一眼，一過地界，兩旁就開始出現稻田和水產養殖場。我以前從來沒注意過成功和東河的差別，或者說我一直以來都維持著年幼無知，對不同鄉鎮間的差異毫無所覺。「有覺得景物越來越熟悉了嗎？」阿崎說，酒窩淺淺的微笑著。「嗯，有啊。」我一邊持續看著車窗外的山，海，田，樹，房子聚落，一邊比對著記憶裡這些熟悉的景物，竟分外覺得重新受到洗禮。「妳是多久沒回來過啊？有夠像觀光客一樣。」小泓瞄了我一眼，大概覺得我像個城市聳。「我上次……應該是……甚麼二〇〇七年之類的吧，久到我想不起來。」我認真的回想上次回到成功的記憶，可惜不太成功，只想起去港口那晃了晃。「妳家搬到台東之後也很少回成功吧。」阿崎說。我點點頭，想了想：「好像回來都是參加喪禮。」「真還假。」小泓詫異的轉過來看我：「這也太感傷了。」「嗯啊，就是一直在告別。每次還來不及想起甚麼，或是去玩，就充滿悲傷。想一想，後來成功根本充滿了一直失去的回憶。」小泓抿起嘴，難得的顯露了正經而寧靜的神色。我不自覺望向後視鏡裡的阿崎，他也出現了類似小泓的表情，但因為墨鏡遮住了眼睛，看不見他的眼神。「阿呀，這氣氛不太對，我不是那個意思。」我真的不是刻意要把氣氛搞冷的，於是我趕緊揮揮手。「這沒甚麼，人生的必經過程。」阿崎的聲音安靜而平穩。「對啊，我也是很常在送人家寵物走。」小泓接著說：「難過是一定會的。」我點點頭，想起過世已久的父親。

父親是在我們搬離成功之後三年多後在台東過世的。我小時候曾經問過父親為什麼會搬來成功，當時當然是因為跟母親結婚，那為什麼不是母親搬去台東呢？印象中父親並沒正面回答，但是曾經說過「能終老在山與海之間是一件沒有遺憾的事」這類的話。那時的我當然是不明白的，當我離開家鄉很多年，去過很多地方之後，才了解這句話的深度與廣度。我與阿崎類似，最喜愛的都是能帶給我家鄉印象和感受的地方，因此我去過的地方很多，拿坡里仍是我心目中第一名，因為它也是一個在山與海之間，令人覺得可以沒有遺憾的終老一生的所在。我一直到父親過世的十多年後，才真正領略了成功之於他的意義，那也是之於我的意義。然而，我已經漸漸想不起父親的模樣，記不起他的聲音。這件事當然還是感傷的，人真正的死亡就是被活著的人遺忘，可是我仍不覺得我這是遺忘了父親，我其實是更加的了解他，或說理解他，對於這一點我還是很開心的。他雖然沒有陪著我長大，但其實不曾真的從我生命中消失，我已不記得當時失去父親的痛苦，記憶最終都昇華成了哲學的領悟，我覺得十分感激。想到這裡，也許這就是阿崎所說的，神的安排。我不確定這種解讀是否正確，或許，我更傾向於是我自己在量子隨機的人生中，試圖找出了一個局部性具有邏輯的解，合理化了我的自我意識而已。是否可以換句話說，我是我自己的神？畢竟這個想法似乎以宗教的觀點來說是褻瀆神，我從不主動與有信仰的人討論這個觀點。

「快到都歷了喔。」小泓突然打斷我的思緒，這算是個善意的提醒，因為我確實應該轉換一下我的心境模式，這次的「大家」，還沒有具體的資訊顯示出來，它會是怎樣的格式。面對未知，人最擅長的必然是拿出自己的公式來應對。進都歷部落後，阿崎放慢速度，小泓打了電話給他爸媽，被交代要往他叔叔家過去。阿崎收到指令後便彎進一條巷子，幾個彎折之後，在小路邊出現了一棟看起來像新蓋好不久的房子，他俐落的把車停進了旁邊的空地，和其他三輛車併排。嗯，其中一台車就是阿崎的爸媽，我想著。但我沒問，下車的時候，小泓過來跟我說：「這是我二叔叔兩年前才蓋好的新房子，我爸媽跟麻木（祖母，也可用於祖母級的老婦人）都在裡面了。」我揚起眉毛睜大眼睛看向他，眼神傳達了「全都是你家長輩嗎？」的震驚和疑問。「可能還有別人啦，只是我看不出還誰有來。」「那不管怎樣我還是要自我介紹的吧。」我看向小泓已不再流露出更多訊息的表情，深呼吸一下，切換到公關模式。我雖然不善交際，但好歹也社會化很多年，該有的禮節和尊重，我想我還是能做得到的。我不知道其他人感覺如何，但我的認知中，Amis雖然天性自由爽朗，可是階級分明，對長輩的態度要尊敬與服從（而我已被阿崎認證不合格），這個傳統跟漢人社會的所謂尊長傳統，或許在概念上相近，實務上還是有不同，在我認知起來那更偏向於，社會組織功能性的約定傳承，而不是孝順的觀念為基本。而我從小就知道阿崎家並不是依照阿美族傳統的母系家庭模式（阿美族是否屬於母系社會，我個人有一些不同意見）。從我有印象起，他們就是一家四口的小家庭單位，親戚都沒有住在附近，而他兄弟倆的中文姓名是跟著父親姓。小時候，我約有一半的同學是從母姓，這在當時很普遍。孩子們大多住在母親家，隔代教養也非常多，因為社會的轉變，青壯年人口急遽從鄉村流失。有些同學的父親從事遠洋漁業，一兩年，甚至兩三年才回家一次的都有。而在那樣的環境背景下，阿崎一家人簡直太過時尚。我只知道他們父親從都歷來，而母親是從花蓮來（確切是哪裡，我毫無印象），固定上成功或都歷長老教會，這就是我對他家全部的認知。而二十年過後，我居然在巧合的命運走向裡，要見到除了他父母以外的，他們的家人，包括他家德高望重的厤木（奶奶）。命運還真是奇妙的東西，隨機得令我措手不及。

我們等阿崎跟上來，他拍了我肩膀一下：「我們厤木不太會講國語。」

啊？我吸了一口氣，這其實不意外，為什麼我們會預設人家要會講中文呢是吧。「麻木幾歲了啊？」我問。「應該是七十三歲。」阿崎回答。我點點頭：「那我一樣叫她麻木可以嗎？」「當然嘛可以，」小泓笑彎了眼睛：「她看見妳肯定很開心。」

我們自己走上台階，開大門，門一開，迎上來的應該是阿崎的叔叔，因為他家的男性成員，基本上都長得真像。接著靠過來的應該就是阿崎的爸媽了，我跟著他們兄弟向叔叔和他們爸媽問好，他們的媽媽一看見我就笑得非常燦爛，拉著我進去，一邊歡迎我來，一邊用族語對坐在藤椅上的老婦人介紹。我跟著叫了一聲麻木，堆滿笑容的老婦人站起來，和藹的眼睛從金邊老花眼鏡後面看著我。她一頭銀色短髮，穿著麻色的寬闊連身裙子，上面繡著傳統的紋飾，她放下手裡的煙捲，看著我笑著講了幾句話。阿崎的叔叔在旁邊對我解釋：「麻木歡迎妳來喔，來這邊做客人，她說喔，妳喜歡吃甚麼盡量說，我們都非常歡迎妳來喔。」「謝謝叔叔和麻木，還有大家。」阿崎跟小泓兄弟接著在麻木身旁坐下，陪她說話。阿崎的媽媽開始跟我聊天，我就跟她和阿崎的爸爸解釋了我在機場遇到阿崎的經過。過一會，阿崎的一個堂弟兩個堂妹和嬸嬸也進來了，原來他們已經先忙著布置午餐。因為我是客人，不被允許幫忙，但我與麻木無法聊天，阿崎兄弟就被指定陪我一起和麻木聊天，充當翻譯。麻木七十幾歲了依然耳聰目明，聊天到一半，拿出了她自己用月桃葉編的一個手袋，說要送給我。我原想拒絕，但是阿崎的眼神示意我收下，我只好一直跟麻木謝謝。小泓湊過來低聲說：「剛剛我哥少翻譯了兩句麻木的話。」嗯？我疑問的看向小泓，他接著小聲在我耳邊說：「麻木說，她保證她的孫子們都很優秀，妳可以考慮任何一個。」「三八欸你。」我瞇起眼睛瞪了小泓一眼，他哈哈大笑。

午餐被設在屋外另一頭的空地上，一張圓形大桌，布滿了我難得吃到的原鄉菜色。野山蘇，涼拌海菜，鐵桶烤雞，鹽酥大白蝦，醬燒鬼頭刀，五穀飯，現搗的小米麻糬裹花生粉，紫蘇梅汁，五顏六色，十錦八味，我食量不大沒法吃完麻木夾給我的菜，最後還是被阿崎接過去惜福。叔叔家的堂弟妹，年紀都比小泓小，階級是都歷拉觀光。或許因為是自己人的緣故吧，他們與阿崎兄弟顯得感情比那天山上的兄弟姊妹們還要親近，大多時候我只需要笑著旁聽。

午餐結束，阿崎的堂妹阿敏要他帶我去海邊走走，說那裡的祖靈地最近好多觀光客喜歡，來衝浪的也很多，可以帶客人去看看。阿崎接過他堂弟遞過來的鑰匙：「底下那裡不好停車喔，騎歐兜賣去好了。」台東的冬日陽光是天賜恩典，我心想這要是夏天來，我應該當場蒸發。我沒有給阿崎載過，小路崎嶇下坡時，他一手拉過我的手去抓著他外套的口袋。雖然看起來是個僻靜且沒有明顯入口的海灣沙灘，一進去卻已經有不少人在那裡拍照。他看著我有點失望的樣子，淺淺的笑了一下：「結果已經不是甚麼祕密基地了。」「哈，才不是因為這種孩子氣的理由好嘛。「不是因為被別人發現啦，只是覺得一個地方，畢竟很難在觀光開發和保留原始生態之間達到平衡點。」「例如美麗灣嗎？」阿崎眼神盯著遙遠的海，神色平靜。嗯。我也學他望著遙遠的海面：「你覺得那個遠遠的暗色的那條，是黑潮嗎？」「應該是。」「要是能把這討厭的一切都沖走就好了。」「要沖到哪去呢？」「管它的。」我撇撇嘴，他轉過頭來看我，笑了。

「妳記得嚴玉華嗎？」阿崎突然問。「你們班的嗎？我認識她。」「那妳記得她哥哥嗎？」阿華的雙胞胎哥哥。我沒想到阿崎會突然提到這個，一時不知道該怎樣回答，我眨了好幾下眼睛，才有點困難的回答：「記得。但是，印象很模糊了。」他點點頭，眼神再度望向大海：「現在想起來覺得很不真實，可是在那時候，又是那麼確切發生在身邊的事。」我記得那件事。阿華的雙胞胎哥哥，在我們才上小學一年級的那學期，第一次月考後，跟幾個孩子跑去海邊游泳，結果溺水，他們班老師下水救人，結果兩人都溺斃。我還記得經過阿崎他們班，看見在課桌上和老師桌上放著的小白花，那時的悲傷感覺卻已經不記得了。我走近他，伸出一手放在他肩上。阿崎高我甚多，我逆光看著他深刻陡峭的輪廓，他已不是當年那個因為失去玩伴而害怕、悲傷的孩子，可是我明白，那樣貼近死亡的經驗應該永遠改變了他。「我沒事。」阿崎伸出一手握住我放在他肩上的手：「但其實在那之後我也並不怕海，當然我也幼稚的想過，要是它帶走的不是我的朋友就好了。但無論它帶走誰，大概都是一樣的。」我點點頭：「我們都長大了，只有阿國永遠留在七歲。」「死是包含在生之中。這太村上了，不行。」他說。我笑了：「我常想，我到底是喜歡村上叔叔，還是其實喜歡的是廖明珠阿姨。」「我覺得是後者。」阿崎看著我認真的回答。噗，我忍不住笑了出來：「你分析得頗對。」

「妳回來會去看妳爸嗎？」他靜靜地問。我搖搖頭：「很少去，回家就上去點個香，報告一下。」他點點頭：「妳會想念他嗎？」「嗯……我不覺得我很常想念他，」我一邊思索一邊回答：「但我感覺他是無所不在的。譬如說，可能看到某個東西，或遇到某個事情，我就會想說，要是我爸，他應該會怎樣說，或是他應該會有甚麼反應，這種。」嗯嗯嗯，他連連點頭：「對，就是這種，根本就是被潛移默化了吧！」「本來就是啊，譬如像小泓這種，存在感一定很高。」哈，阿崎笑得露出一口白牙：「不能講話簡直要他命，這種人一定命很長。」哈，我笑著跟著點頭：「小泓是神隊友啦，救援都很成功。」「這倒是。」阿崎點點頭，一邊拉著我在海岸上走。「你們家人之間的感情，好像都挺好的喔？」「怎麼了很羨慕嗎？」「有一點。」「妳的不好嗎？」「也不會，就是離得遠，分散了，不容易聚在一起有機會見面。要是也有像豐年祭這樣的傳統就好了，」我轉頭看向他：「那大家都會想回來聚在一起吧。」「嗯啊。」他說：「這算是個很好的正循環沒錯，因為回憶美好，就會有動力持續下去。」「要是我也能來參觀就好了。」「來啊。」阿崎這種語氣和神情突然好像小泓。「你們今年要回來參加嗎？」我好奇地問他。「不一定，看抽到誰，哈哈。」「你們是用抽籤決定誰回來參加嗎？」「哈哈哈不算是啦，通常可以回來的就會自動說可以參加，如果覺得人太少，就會抽一下。」「好好笑，有點像抽當兵的概念。」「不是，是抽值日生。」他笑了，眼睛彎彎的充滿愉快。

我們回到阿崎叔叔家的時候，他們早已收拾完畢，各自開始忙其它事情。阿崎的爸媽要去叔叔的果園幫忙，叫我們三個先開回成功，晚餐阿崎的媽媽說她會回家煮：「不准跑去外面吃啊，要回家吃飯。」她雖然已經是五十歲的中年婦女了，仍然非常美麗，阿崎兄弟的大眼睛非常像她，深邃而閃著光彩。我用麻木給的月桃手袋，裝了麻木親自拿給我的蜂蜜，果醬，水果乾，都是叔叔家自己做的。小泓用一種「妳最好全拿喔」的眼神示意我，我只好全都好好的裝好收下。阿崎的堂弟妹送我們出來，還熱情的說：「以後要再來玩喔！」把小泓笑了個歪腰。「欸，你。」我趁阿崎去把車開出來的時候問小泓：「你媽不是應該有告訴大家我結婚還當媽了吧？」「喔，有啊。」小泓比了個噓的手勢：「可是麻木說，只要她的孫子喜歡，有本事搶過來也可以。」「北七。」我白了他一眼：「賣鬧啦，這樣我跟阿崎會尷尬，就不好做朋友了。」「我知道啦。」小泓下巴示意我上車：「因為我哥真的空窗太久，大家緊張嘛。」但這是兩回事啊，我小聲地說。如果是別人，我大概就裝傻到底也就過去了，反正大家也只是亂槍打鳥敲邊鼓試試看，湊得出來就有答案，湊不出來也沒關係，我完全可以理解。可是，如果是阿崎，我實在沒法坦然的裝瞎。固然我不知道阿崎真正的感受，但我想他肯定也會顧慮我的心情，而這種壓力其實也不應該由他來承擔，畢竟人與人之間應該要公平。所以，我完全理解阿崎一開始說要回台東來接我，往南迴開回西部的想法，是我也會選擇這樣做。並不是我相對於小泓，覺得請同學來我家住一晚，然後大家一起吃飯是甚麼了不起的事情。只是若我知道家人都有一點期望，以為這位同學可能發展成我的對象的話，那我就不會讓同學來跟我一起接受家人期望的洗禮了。換過來小泓的想法，他就會認為那是個無傷大雅的日行一善。每個人得到的樂趣，加起來遠大於那些尷尬的毛邊，只要另一方也不會心存芥蒂，那他就會欣然去做。這我也完全能明白。我是我，阿崎是阿崎，小泓是小泓，我們三個從沒想過要改變彼此的想法，連試都不會去試。換個角度說，小泓其實只是找我來幫忙，讓家人們不要過度擔心阿崎的感情狀態，那我說不定就會被說服來路過一下了。但即使這樣，我也不會當面跟阿崎提這個事情，毛邊就是毛邊，想辦法磨掉它就是了，討論沒甚麼用。

我一邊還在想這些毛邊，阿崎開往八嗡嗡部落的舊路，現在已經成了自行車道，不過這時只有我們，沒有其他人車。「舊路現在好棒啊！」我像個好奇孩子一樣看著車窗外的海岸線景色，明明從小看過無數次了，現在卻感覺有意外的驚喜感。「要停下來嗎？」阿崎問。「好啊！」他慢下車速，停在一個路邊凸出去的空地。「原來這裡看得到三仙台，視線還這麼好，我竟然完全不記得。」我跟小女孩一樣跳下車，興奮的趴在路旁圍欄看著遠處的三仙台。「可惜我眼睛不好看不到拱橋。」「沒人看得到啦，從這裡欸。」

小泓說。「真的嗎，哈哈，那我就沒啥損失了。」「妳想去三仙台，等下可以去啊。」阿崎說。「沒，三仙台和拱橋還是遠觀好，爬太累我會無法分心腦補呂洞賓的八卦。」「甚麼八卦？！」小泓聽到眼睛都亮起來，笑死我。

於是我們開到成功的剩餘這小段路上，我耐心的向小泓解釋了呂洞賓和何仙姑、白牡丹的八卦的不同版本，還有為什麼情侶不能去指南宮，會被拆散的典故。

第四折

成功

我不記得上次在成功過夜是何時，因為車程來往台東只需要一個小時，從搬到台東以後，一直都是當天往返。而且自搬到台東以後，再也不曾開過蘇花公路，都是坐火車經過縱谷北上。小泓的提議一次滿足了我兩個願望，我有莫名的開心與感激。

2012.1.16 星期一

呂洞賓的八卦還在討論中，阿崎已經把車開進了我熟悉的景色裡：「到了喔，下一站學校。」一路突然變寬的時候，右手邊就是我們的小學。它的大門依然是大門，斜坡幾年前已經改成了階梯，側門的小路依然在，校門旁熟悉的大樹現在看起來已是老樹了。我們三十歲了，一晃眼，畢業已經十八年，足夠一個新的拉某某階級從出生到成年，時光的流逝真是不可思議，更不可追。阿崎把車停在側門圍牆邊，我們三個下車，走向大門口，抬頭看著階梯上去，學校的名字掛在新蓋的樓上。我看了下手機，下午三點四十，大門開著，學校裡看起來卻很安靜。我們三個互看了幾眼，走進學校，停在階梯上環顧四周，有聽到些微的人聲，但沒看到甚麼人影。「現在的小學生都幾點放學啊？」小泓問。我跟阿崎都搖頭。「今天是禮拜一，應該是四點放學？」「除非他們現在都只上半天。」阿崎說。「哈哈哈，為什麼我感受到你們下午班的怨念啊！」我笑得停不下來，阿崎很正經的解釋：「只上半天其實根本就沒差。」噗，我忍住笑，跟著小泓和阿崎走上階梯，往學校中庭走。學校其實不小，現在依然維持著當時的大小，但看起來自從我們畢業後就沒有再增擴建，大概也是因為少子化吧。當時我們一個年級有三個班，一班大約三十多個同學，現在會不會全校都還不到一百個學生呢？一個年級只剩下一個班級的話，還真的有可能。我們繞了一圈，往操場方向走，那個紅土的小小棒球場地，仍然在那。這回就換成他兄弟倆蹦蹦跳跳的跑下去，一個開始跑壘包，一個站在投手丘回憶過往。從小學畢業後，阿崎至少長高了十五公分，我站在觀眾席的階梯看著他，球場顯得小了很多。「投一個好球。」我把手圍起來做成擴聲筒朝著他喊。他轉過頭看我，午後陽光映在他燦亮的眼睛和頭髮上，我彷彿又看到那個昔日的少年，露出白牙對著我笑。小泓聽到我說，趕緊從三壘跑回本壘就位，擺好打擊姿勢。阿崎拉開手臂和身體，投了一個好球，小泓配合的揮棒。「欸裁判，講話啊！」小泓朝著我喊。「哈哈哈哈你們不是同隊嗎！」「吼！糊弄我欸！不管喔，紅不讓！」小泓比了一個全壘打手勢。「沒跑壘，出局。」阿崎走過去用左手手背碰了一下小泓的肩膀，把他觸殺出局，笑死我了。小泓弄了個震驚的表情開始跟阿崎推拉，「欸，嗶嗶，分開，分開，不准鬥毆。」我從觀眾席走進球場，假裝要把他們兩個分開，然後三個人就在投手丘和本壘之間笑得停不住。

等我們終於笑停，望向場邊的附幼教室，我感慨了起來：「欸，現在的孩子不知道還要不要打掃時間，我們以前還要掃附幼教室欸。」「現在的孩子這麼爽，應該不用打掃了吧。」小泓說。「以前最輕鬆的是掃視聽教室啊。」阿崎接著說。「阿哈哈哈我想起來了！」小泓突然撲過去一手掛上阿崎的肩膀把他抱住：「這個傢伙有一天回家路上，很苦惱的跟我說他不小心親到了個女生！」「欸喂！」阿崎一面要把小泓從身上甩下來，一面想阻止他繼續說。「然後勒？」我無動於衷地看著那兩兄弟打鬧，重點還是要講出來啊。「妳不記得那個是妳嗎？」小泓在躲避阿崎糾纏的空檔中，居然成功的講出了重要線索。嗯？有這回事嗎？我皺起眉頭看向阿崎，他的耳朵紅了起來，沒對我說話，只是把小泓的嘴巴給摀了起來。我陷入了回憶，可是並不記得這件事。我跟阿崎很少接觸，我卻不記得有發生過甚麼意外不小心親到的事情。小泓突然一個閃身擺脫了阿崎的糾纏，跑來我身邊把我拉住：「在圖書館的視聽教室啦，窗簾拉開的時候。」「欸你不要拉她。」阿崎跟著過來，要動手解除我跟小泓有點危險的拉扯狀態，我突然靈光一閃的想起那一幕來。確實有這件事。只是我不記得。但我現在想起來了。我拉住了阿崎想拉開小泓的手臂：「欸，我想起來了。」他們兩人聽到我說的話，同時停止了動作看向我。阿崎深黑的大眼睛裡搖蕩著像是羞窘和不安的混和情緒，同時從耳根到臉頰上的酒窩都紅了。我瞄了一眼旁邊的小泓，他只是睜大了眼睛看著我。

「那個事情……算是我的錯，對不起。」我放開阿崎的手，低聲說完這句道歉，三個人卻陷入一陣沉默。那其實是一個小學同學間的惡作劇導致的意外，事情過後我沒放在心上，而且其實當下我沒有反應過來，只是很快地跑離了現場。起因是我的另一個同班男生在捉弄我，拿走了我打掃要用的垃圾袋，我一路追著他，看他跑進了視聽教室，可是他把門從裡面反鎖了我追不進去。於是我只好從窗戶去看這人跑哪去，叫他趕快把垃圾袋還給我。但因為視聽教室平常都是用整面大片的遮光窗簾從裡面遮起來的，增加了我每扇窗戶都要打開往裡面看的困難度。後來我發現某一片窗簾在那裡開開合合，心想這個人肯定是故意想搗蛋，我就站在窗簾的側邊，等它開關了幾次之後，我抓住那片窗簾用力拉開，然後頭伸進去往裡面看……然後就發生了意外。窗裡的人不知道為什麼是阿崎，但他顯然很意外窗簾會被拉開，因此連閃躲都沒有，而我只記得鼻子撞到很痛，根本沒注意原來有不小心親到嘴。一旁惡作劇的同學也嚇了一跳，呆站在旁邊，我很生氣地把他還拿在手上的垃圾袋搶回來，瞪了他一眼就走了，因為鼻子真的太痛，眼淚忍不住流了出來。結果……該不會阿崎當時以為我是在哭？而且我也沒有跟他道歉，因為實在是太痛又太火大了。

沒人出聲。嗯？我抬頭看向阿崎。他的神情有點微妙，像是弄不懂我為何道歉，可是，那確實不是他的錯，如果他還記得這件事的話。我看向隔壁的小泓，他顯然也很意外這事情的展開，可能跟他的預期很不符合？不然他們的預期是甚麼？我覺得有點困惑，但這個尷尬的沉默還是得有人打破的吧。「想不起來就算啦，我真的不是故意的，故意的是那個搶我垃圾袋的傢伙啊。」而我竟然想不起來那該死的肇事者的名字。年紀大的苦惱就是這樣，尤其是當了媽媽之後更加嚴重，常常筆拿起來的時候，就已經把要寫甚麼給忘了。「對不起，那時候我以為，妳生氣了所以哭著走掉。」阿崎微微低下頭看我，低聲輕輕地解釋。「我就說你怎麼沒追過去跟她道歉啊。」小泓在一旁，已經恢復了涼涼的語氣。我聳聳肩，垂下眼睛：「又不是阿崎的錯。而且我真的，是因為，撞到鼻子太痛，才流眼淚的。」「我以為，妳會想成是我跟阿倫一起故意的。」我有點詫異的抬頭看他：「怎麼會有人故意想這樣撞人？」「他意思是如果是他就會這樣故意。」小泓一旁補刀，被阿崎皺眉制止：「欸你不要造謠。」「那你幹嘛回來怕她誤會生氣，但又不去跟人家道歉？」小泓挑挑眉撇撇嘴，不放過他哥。「因為就不是他的錯，道甚麼歉。反正都忘記了，這麼久的事情誰還記得。」我說，真的若不是小泓提起來，我就算看著阿崎也沒想起這件事。小泓不說話，用手指比了比我跟阿崎。我皺起眉毛看向阿崎，他也正好看向我，我對他吐了吐舌頭做了個鬼臉：「我看就小泓記得啦！」「欸你們兩個，我幫你們化解誤會，還幫紀念下初吻喔，結果都怪我嘍？」「初你個大頭啦，北七。」「哇賽難道妳不是嗎？我哥是欸！」「喂你，好了喔。」阿崎眉頭攏了起來，神色不太愉快。「好了不要鬧了，先回家把東西放冰箱？」我試圖打斷這個很難再說下去的迴圈，這次兩個人終於都很配合的走出學校，開車回他們家。

回到家，我們三個把被交代該放冰箱的水果，菜和魚都分類冰好，然後把各自的東西拿下車時，小泓說：「欽哥，你帶她到三樓後面的房間啊！」阿崎點點頭，我就跟著他上去。他們家的外觀整修過，已經跟我印象中的不一樣，裡面也像更新過不少，維持得挺用心。「看起來好像你爸媽還挺喜歡住這？沒想要搬回都歷嗎？」阿崎搖搖頭：「沒，他們說還是習慣住這，而且其實離都歷也不遠。」「嗯，要是我老了也想搬回台東住。」「真的嗎？」「真的啊。」他打開了房間門，地上是木板地，旁邊擺了一張雙人床墊，還有一張矮桌跟兩個椅墊。「這簡直豪華。」我說：「跟我以前的房間很像，我也是床墊直接放在木板地上。」「喜歡就好，晚上妳就睡這間，我房間在前面，浴室在中間。」他瞄了一眼空空的床，想了一下說：「等我媽回來會再拿枕頭棉被出來。」「真的很麻煩你們。」「自己同學有甚麼好客氣的。」他說，我朝他笑了笑。

阿崎回他房間，我轉身出來下樓，正好遇到也從自己房間出來的小泓。「我哥勒？」「去他房間了。」他點點頭，我跟著他下樓。他煮了一些熱水泡了烏龍茶給我：「妳等下就叫我哥帶妳出去晃晃，我店裡有事我要跟我女朋友講話。」噢好。他們家的客廳這裡有一張很大的原木桌，就是樹幹連根剖半的那種，擺設也都是部落的手作藝品，認真說，還更像藝廊或是工作室。我喝不到一半，阿崎就下來了，小泓倒了杯茶給他，交代了一樣的事情，就逕自上樓去了。「累嗎？」阿崎問我。我搖搖頭，安靜的喝茶，一邊好奇地看著各色的藝術品。看來阿崎的父母，也跟阿崎一樣是藝術家吧？「家裡面有你的作品嗎？」我好奇地問。「有，但都在我房間。」噢，我點頭表示了解。「妳想看嗎？」「嗯，好啊。如果你願意讓我看的話。」「嗯那晚上回來再看吧。」我點點頭。「等下想去哪嗎？」「嗯，想回家看看。還有去海邊，靠近新的港口堤岸那裡。」「太陽快下山了，喝完茶就過去吧。」好。

為了行動方便，阿崎騎車載我，我後來的家離他家不遠，過兩個彎往下就到了。我們停在對面，大門是打開著的，裡面的門和窗戶上都貼了大大的囍字。「看起來是辦喜事呢。」我說。「嗯，後來裡面住的是誰？」「不認識。爸媽把房子賣了，後來也不知道又是誰住了。不過，房子二三樓看起來外面都整修過欸，所以表示也是用心的在住吧。」我望著二三樓，那裡曾經是我和家人住過的地方，現在看起來已經完全不一樣了。「房子有人住是好事。」阿崎說。「嗯，對啊。要是它看起來又老又舊，像是沒人照顧的樣子，我也會難過。」「這像是，一種來看望老朋友的心情吧。」嗯，我點點頭笑了，眼睛覺得有點霧氣。「既然都貼了大囍字，希望住在裡面的人幸福。」「這樣的房子最好賣了，吉屋出售，包拿博士，包結婚，包生。」我無奈地看著他笑了。阿崎的程度其實不會輸小泓。

接著他載我一路往下坡，路過了市區和菜市場，路口依然熟悉，好些地標也依然在那，我像遇見老朋友一樣，默默的在心裡與它們打招呼。最後我們停在了我家那一排房子的對街。「原來妳家最早住這？」阿崎問。「嗯，就跟你說真的是海邊啊。」「後面往下就是海邊了吧。」「對啊，但好幾年前填了一塊起來，另一邊還跟港口擴建相接了。」我抬頭看著這個我出生長大認識的第一個房子第一個家，它也被好好的更新了，還加蓋了三樓，上面掛著日租民宿的牌子。「看起來妳的老朋友都還過得不錯，都照顧得挺好。」「嗯，真的。我好感恩。」他拍拍我肩膀：「到海邊看看吧。」

沿著這排房子旁邊的巷子就可以直通海邊，現在那裡填了一大塊新生地，蓋了一個公園，甚至還有網球場。我跟阿崎停好車子，進了公園然後往海岸走，穿過矮樹就是一片鵝卵石海灘。我看著近在咫尺的太平洋，熟悉的海潮聲音，雖然是遠處但是更近了的三仙台，忍不住嘆了一口氣：「啊，終於回到家了。」這片佈滿大小鵝卵石的海灘其實是無法游泳的，東岸大多也都是這類岩岸地形，而且大陸棚很窄，離岸邊可能才十公尺，海就已經很深，而且浪潮洶湧。但今天算是個十分風和日麗的日子，海潮雖然逐漸漲潮，但仍十分溫馴優雅。我本來想去踩踩水的，卻被阿崎拉住：「現在可是冬天，陽光會騙人。」我不無遺憾的嘟起嘴，仍是不甘心地靠近了潮線，看著海水一波波拍打著不遠處的礁石，然後堆起浪花上岸碎開。「我從小就聽著海潮的聲音睡著，小時候打開窗戶就能聽到。」我看著乾淨清澈的海水，突然覺得很感激。如果這片海岸沒了，或是被破壞，被汙染，被開發了，我好難想像我將會是怎樣的傷心。但我現在站在這裡，那幾座大礁石依然矗立在原處，遠方的三仙台和八拱橋依然看得見，海潮的聲音也還是不間斷地重複，我覺得我終於回到家了。我曾在夢裡夢見過這個海岸，也夢見過原本的家，可是很常都是惡夢。例如是暗夜裡海潮洶湧，淹沒了我的家，我躲到樓上，從窗戶往外看，一整片都是漆黑的海水咆哮著。但真正說起來，即使是小時候颱風夜停電的場景，我也沒有像在夢裡那麼害怕。倒是現在回想起來，海邊的颱風夜確實是挺可怕的。呼嘯的風聲，急雨拍打，幾乎必停電停水。在沒有防颱窗或氣密窗的年代，半夜裡我們常被爸媽叫醒，起來幫忙掃潑進陽台和窗戶的雨水。而颱風夜往往也是走私大盛的時機，因為海水大潮，利於搶灘上岸。據父母親說，颱風夜走私的有人也有貨，岸邊常上演抓走私的緊張戲碼。（但是掃水已經累慘了的孩子如我，從來沒親眼看過颱風夜的走私，只被海巡警察半夜敲鐵門盤問過）。聽了這些，阿崎忍不住笑起來：「難怪後來你爸媽要往山的方向搬，至少颱風夜不用再起來掃水了。」我點頭表示贊同。「但有一次颱風停電一個禮拜你記得嗎？」我想不起來那是甚麼時候哪個颱風了。「記得，那次直接停課啊，結果隔壁的長濱更慘，停電兩個禮拜。」「對啊，但那次被颱風眼穿過，我印象很深刻欸，因為停電家裡暗暗的，我就跑去我爸媽房間，就是那個剛剛貼了囍字的二樓前面，哈。結果突然雲開晴朗，無風無雨。」「然後大概不到半小時吧，就整個被掃得很慘。」是的，阿崎正確無誤，我們都不記得那個颱風的名字，也不記得是哪一年，但那一次的颱風經驗卻牢牢地被我們記住到現在。「沒想到以前刮颱風的時候，我們是這麼忙碌在度過。」阿崎說。「還是當孩子的時候好，不懂得害怕，也不會擔心，開心的時候是真正的開心，不開心的事情大多都會忘記。」我望著漸漸暗下來的天色，不遠處的海面上，有開往旁邊港口的返航漁船。

「現在近海作業的漁船也好少了，大概沒有甚麼漁獲量吧。」我想起了當時住在舊漁會港口附近的，母親的表哥，我的表舅一家人。表舅是真正的討海人，一家大小都靠著漁貨生活。表舅和兩個表哥出海，表姊在漁市場批貨，表舅媽負責送漁貨給餐廳，偶爾也會自己做魚鬆這類的製品。我很小的時候曾經跟過一次出海捕海龜，我只看過那麼一次，卻一直記得舅舅和其他討海人，互相合作用魚叉捕海龜的情景。後來捕海龜被禁止了，再後來我們搬到台東，之後我就不再對表舅一家人有印象了。但只要我看到這種近海漁船，還是會想到小時候在港口的情景。但顯然現在成功漁港作為漁貨的集散地功能已經沒落了，港口已不像從前繁忙熱絡，一批批的漁貨不停上岸等著標售。夕陽餘暉下的港口顯得寧靜安詳，停泊在港內的漁船數量也不及我記憶中的十分之一，倒有一種悠閒自在，像是度假船舶地的氛圍。「其實我們小時候的成功，算是個富饒的魚米之鄉。」阿崎突然說：「有漁獲港口，有水產養殖，有農業，有水果，比起其他地方算是很忙碌的經濟地區欸。」我點點頭：「我們在夕陽裡回憶著往日繁華了。」「哈，人世間哪裡有恆常不變的人事物呢？」阿崎說得對。我跟他都已經從孩子長成了大人，千禧年已經過去十二年，都多轉了一輪生肖，我們為何，或者還能如何期望有不變的任何人事物？我們確實不能，也無能求取，只能默默地放在心裡懷念。而這些記憶，如果沒有阿崎，就像無人能為我認證，將無法確知是否我的記憶有誤。我望向身邊的阿崎，很奇妙的，他總是站在我視線的逆光處，「謝謝你帶我回家。」我說。他對我眨了眨眼睛：「不用謝。現在確實該回家了，不然我媽應該會打來找我們。」

我們回到家時，阿崎的爸媽早已經到家，賴媽媽甚至在廚房裡忙了起來。我覺得非常不好意思，簡直太麻煩人家，因此走進廚房，問阿姨我哪裡能幫上忙。結果卻被她幾秒給推了出來，還叫住阿崎，要他帶我去幫忙準備明天要帶去靜浦給另一個麻木的水果和其他東西。原來阿崎的媽媽是靜浦來的Amis。靜浦文化是鐵器時代在東岸一個熱鬧的海洋聚落，極有可能是海線阿美族的先祖。也就是說，阿崎的媽媽可能是源遠流長的海洋先民的後裔。我在小時候，並不曾聽過他們兄弟倆講過母系族源的事情，直到這一刻才知道原來他們的外婆家在靜浦。「原來你們外婆家在靜浦，其實也蠻近的欸。」我看著已經在包水果的小泓說。他抬頭看見我跟阿崎，努努嘴示意阿崎坐下幫忙：「是不遠啊，就只是沒那麼常去。」阿崎拉了把小椅子坐下跟著小泓一起，我原本也想蹲下幫忙，但走道的空間不大，他兩兄弟各自的長腿卡在大紙箱兩端就已經占滿了走道，我只能站在側邊過不去。阿崎抬頭看我在那猶豫的樣子，酒窩淺淺折起來說：「妳去跟我爸拿寬膠帶和剪刀過來。」噢，好。我得到指令，往客廳走，但客廳沒人。「搞不好在外面澆花，去看下。」阿崎說。我往前走到門口，果然看見他們爸爸在車庫外面澆花。我走出去他就看到了我，微笑著問：「甚麼事？」「阿崎要我問，封箱子的寬膠帶跟剪刀。」「噢，妳到客廳的冰箱旁邊，有一個有抽屜的櫃子，第二個抽屜打開。」好，我點點頭：「謝謝叔叔。」阿崎爸爸笑著看我，他的眼睛是淺咖啡色的，微卷的短髮曬得微微發紅，和阿崎兄弟黑亮的大眼睛直頭髮不同。但笑起來時的神韻卻十分相像，身形也是，我一瞬想著，這大概就是阿崎兄弟五十歲的樣子吧。我關紗門時正好看見阿崎爸爸的側臉，父子三人真的是很相像啊。基因真是神奇的東西，我想起了女兒笑起來細長的眼睛像我，長長的睫毛和眉毛像她爸爸，我原以為基因應該是混和表現型（是否把生物課本都還給了老師，幸好我大學考的是二類組），結果不是，它是每個元件都二選一然後組裝起來。以檢測分析的角度來說，這實在很容易看出是哪一方原廠的責任。好吧，我從抽屜拿出剪刀和寬膠帶時想著，沒有比較就沒有傷害，宇宙再隨機，對於我們所在的這個時空來說，我的女兒會長得甚麼樣子，是每個時間節點共同纏繞的結果，因此，所謂的命運是註定，好像從廣義的角度來看也是有道理的。我幫著把紙箱封起來，他倆人已經把其他要帶去的東西也都裝好了。我雖然想問為什麼不常回去看外婆，但看他兩人都沒有要說話的意思，我就安靜不出聲了。但有個問題有點重要，於是我看著他們兩個把紙箱和其他東西一併搬到客廳角落的時候，我還是問了：「所以明天……有要路過靜浦嗎？」阿崎撥開了散到眼睛前的落髮轉過來看著我：「嗯，會。不過，只會停一下，看完麻木就繼續開。」噢，好我知道了。一旁的小泓閃亮亮的眼睛露著壞笑：「妳是不是怕要帶回去的東西會越來越多啊？不用擔心，了不起宅配寄回去彰化。」才不是，我對他做了個鬼臉：「我是怕我一下子認識太多人，記不起來名字，就太失禮了。」「嘖嘖，妳也是有鄉民的實力嘛。」小泓斜斜看著我。「有啊，我也是上站次數破三千的上古神獸好嗎。」「唉唷不得了，深藏不露啊。」「有沒聽過高手在民間，民間就是你身邊。」「好喔好喔，妳贏妳贏，上古神獸嘛！」

小泓難得被我鬥嘴鬥贏，阿崎在旁邊笑得很開心。

「你們這麼開心啊，來吃飯。」阿崎媽媽從廚房出來：「小泓去外面叫下你爸。」「阿姨真是太厲害了。」我看著滿桌的菜讚嘆，媽媽輩的婦女們，幾乎都有這種總鋪師的實力。「哎呀，坐著坐著。」她一手把我按下坐在椅子上，另手示意阿崎：「小崎你幫大家拿碗筷。」「妳是我媽無緣的媳婦，她當然要表現一下給妳個後悔機會。」小泓一進來就喇賽，沒想到在爸媽面前還更鄉民。「哎呀你怎麼把我祕密講出來了，快點坐著。」賴媽媽顯然不以為意，還能順著接話，實力根本超越上古神獸。我瞄了一眼阿崎爸爸，他甚麼也沒說，只是笑著從櫃子拿出小酒杯來給我們一人一個。我無言的望了阿崎一眼，他卻只是跟他爸一樣，默默笑著幫我們擺放餐具。「晚上都不開車騎車出去了吧？」賴爸爸看著我們三個，我搖搖頭，「我沒喔，哥我不知道。」小泓回答。「沒要出去，明天要開長途。」阿崎說。於是賴爸爸往每個杯子裡都倒滿了小米酒。這酒是他們舅舅自己做的喔，賴爸說，外面買不到呢。冰涼微甜，香氣乾淨，這就是山跟海的感覺。桌上的菜也是。鹹山豬肉，紅燒旗魚，涼拌過貓和地瓜葉，九層塔煎蛋餅，雖然賴媽說就算沒有我，為了她兩個寶貝兒子，她還是會煮這一桌。結果小泓還不罷休：「就跟妳說妳無緣，要不要反悔啊。」「要是阿姨缺乾女兒，我就是你姐。」「缺缺缺，姐來喝來喝。」小泓接過賴爸手上的酒瓶把我倒滿。我雖然不是一杯倒的體質，但真的要跟著他們這樣喝下去，我遲早還是要倒。想加入這大家庭，還真的要先能過喝酒這一關。至於唱歌，那就是第二關。

吃過飯，我幫著賴媽收拾廚房，洗碗，收垃圾。她倒是很大方的講起了明天要去靜浦看麻木。原來她是家裡最小的女兒，年輕的時候到台東找工作，認識了賴爸。因為賴爸年輕的時候是業餘歌手，跟著其他的團友四處走唱，又高又帥又會唱歌的樣子，我就是他的粉絲啦。賴媽說這些的時候，眼神裡的笑意竟仍然流露出少女的傾慕。結婚之後賴爸不唱了，他們就定居在成功，後來是她自己開了一個小店，因為她也喜歡唱歌。說著她邊收東西就邊唱起歌來，Amis大概都是天生的歌手吧，雖然我其實沒有聽過阿崎唱歌。等我收完出來，客廳沒人。「大概在頂樓喔，他們爸爸的工作室。」「噢，那就不要打擾他們啊。「阿姨先休息吧，今天忙了整天。」「那我要去房間看韓劇。」她說，笑得很神祕，那神情跟小泓簡直複製貼上。「阿姨也看韓劇！」「很好看欸，妳也有看嗎？」我搖搖頭：「當了媽媽好忙，沒有時間看。」「阿那是一定的。」她神情溫柔，抓起我的手拍拍：「為了孩子付出總是很辛苦，但是看他們長大，妳會很開心。」她的眼睛很美麗，流露著包容與愛，這大概就是伊娜（母親）的眼睛這首歌，想要傳遞的情感吧。

我不知道我是否能成為這樣的母親，讓我的孩子長大以後能回憶我愛她的眼神。我回到三樓房間，打了電話回家，電話裡聽見女兒的聲音，滿心柔軟。母性大概是這世間最強大的力量吧，我想。因為有了孩子，母親會成為更強大的人，來保護和照顧她的孩子。不知道我五十歲的時候會是甚麼樣子。當然沒法像賴媽這麼美麗是肯定的，畢竟我本來就輸在起跑點，但我會努力的不要摔在終點線，這樣我的孩子會太沒面子。我想著明天要開長途，一早還要先去靜浦，大家應該要早點休息才對，所以我就自動的先去洗澡了。

結果洗完出來發現我沒先跟阿姨借吹風機。雖然我頭髮不長但是要等它自己乾才能睡覺也是很浪費時間。但我不確定現在已經快十點了，說不定阿姨已經睡了，正站在樓梯口猶豫，背後房門打開，阿崎的聲音傳來：「妳洗好了，要去哪？」我一邊用毛巾擦著頭髮，一邊回答：「我剛忘記跟阿姨借吹風機了，可是怕她睡了。」「我有。」他說，轉身進房間去拿出來遞給我：「妳先吹乾免得感冒，等下我好了會敲妳門。」喔好。我拿進房間，把頭髮吹乾。聽著隔壁浴室的水聲，剛剛大概阿崎也聽得到同樣的水聲吧。接著水聲停止，聽到開門聲，關門聲，再聽到開門聲，然後是敲門聲。我拿著吹風機開門遞給他。過了大概十分鐘，又有敲門聲。我打開門，他問：「要喝水嗎，我去樓下倒。」「噢，好啊，我自己下去倒。」於是兩個人到了樓下各倒了杯水再走上樓。「要看我的作品嗎？」好啊，我點點頭。然後我拿著杯子跟著進了他房間。說是房間，還比較像工作室。一張很大的工作桌，兩個書櫃擺滿書，另一個矮櫃子放滿CD，木板地上有幾疊圖紙，床邊的櫃子收著他的作品和模型。「我以為你不常回家？」我原本要坐地板，他把我拉住讓我坐床上，然後自己坐地板上：「這幾年比較不常回來了，有工作就要接案，回來大多幫忙我爸或是家裡，但有時候還是會自己東摸西摸做一些沒甚麼特別目的的手工。」我看著他拿出來的一些作品和圖紙笑了：「就是沒有特別目的才能follow自己的心啊。」「嗯，他點頭認同：「如果東西是要拿來賣錢的，就會有針對性，做起來就沒那麼自由自在了。因為還要考慮這東西別人會不會喜歡，是否滿意啊，這類。」

阿崎的作品確實大多沒有目的性。有的是小木雕，有的是小玉石拼圖，也有金屬線材混和木頭和石頭的物件。有時候心血來潮，也有版畫或壓克力彩繪。「我小時候都不知道你這麼藝術家。」我邊看邊說，小時候確實不知道原來這就是藝術家性格。「我沒有覺得自己是藝術家，只是喜歡把想到的東西表達出來。」我看著他一邊整理地上的圖紙，一邊停頓了一下繼續說：「大概因為我覺得語言表達挺困難的吧。」「因為你這部分的技能都被小泓搶走了。」哈哈，他笑了搖搖頭。我視線移到裝滿CD的櫃子，忍不住感嘆的說：「這時代連CD都要再會了，說不定好多都已經沒法播放了。」「對啊，不記得有多久沒買過了。」他說，打開櫃子，我走過去跟著一起翻看我們年少時聽過的音樂，走過的流行時尚，Nirvana，Guns n' Roses，Bon Jovi，Suede，Oasis，Green Day，然後就這樣來到了三十歲。阿崎像想起來甚麼似的，開了另一扇櫃子，拿出一本薄薄的東西。「啊哈哈哈居然是畢業紀念冊！」我接過它翻開來：「噢買尬，這種東西應該不能曝光啊天啊！」我們兩個就在那翻來翻去，好多名字與臉孔接連浮上來，我們還為了某幾件有共同記憶，但細節卻對不上的事情討論好久。「在幹嘛我們，好像寫完考卷在對答案。」我笑個不停。「哈那不是很好，以後有誰講不同版本，我們就可以說我們的才對，因為有對過答案了。」阿崎竟然露出一點得意的表情。「這是作弊吧，哈。」「又沒有分數的東西，答案就是答案。」接著有拜託我拿情書給他的女孩們，也是一一被我指認出來：「欸我覺得我這樣很不對，我應該要保密的，但是都過這麼久了應該也沒人在意。」「反正我幾乎都沒看，那些內容等於是永久保密。」「拜託，被小泓看過的哪能保密。」阿崎笑了：「他根本不會記得。」哈。「每次妳拿給我的時候，我都會想這次是不是妳。」阿崎靜靜地說。「我幹嘛，我才不中這種陷阱。」「結果每次都失望。」「最好是，因為沒法留我把柄在手上所以失望吧。」「才不是那樣。」他說。我轉頭看他，他眼簾垂下，長長的睫毛因為燈光落下一片陰影。

我好像明白了他的意思。但那已經是過往的年少，而一轉眼，我們已經三十歲了。回憶像已經開走的火車，我們只能站在月台上目送它遠去，卻再也無可能追得上。我把畢業紀念冊闔上，放到一旁，然後伸手握住他一手。他安靜地回握住我的手。忽然我已淚流滿面。「不要哭。」他說，拿來衛生紙給我把眼淚擦掉。可是我的眼淚無法停止，我原本並沒有要哭的意思，可是眼淚一流出來之後就沒法止住。阿崎伸手把我抱著，我靠在那個安穩而寬闊的肩膀上，像個傷心的小女孩一樣眼淚不停流出來。「再哭就醜了。」他一邊拍拍我，一邊安慰我，可是這種安慰法沒甚麼用。「漂亮這兩個字原本就跟我無關。」我吸著鼻子，眼淚終於停了。「妳比小時候好，也比我想得更好。」「你把我想得有多差。」我從他肩膀上起來，他眼神亮亮的，有笑意：「我只是感謝神讓我能再見到妳。」他一說我的眼淚又湧出來。「妳再哭，我只好親妳了。」「不要。」「不要那就不哭了。」說不哭就不哭。「妳真的很棒，要對自己有信心。」他親了一下我額頭：「我希望不管妳幾歲的時候我再見到妳，妳都比我想得更好。」「你這人真的很囉唆。」「從來沒有人這樣講我。」「那我就是沒有人。」「是啊。」他站起來，也把我從地上拉起來：「好了，去睡覺吧，不要再夢到可怕的暗夜海潮了。如果妳害怕，可以來找我。」「我不害怕。」「對啊，妳是勇敢的人。」阿崎說，拉著我，回到後面房間，輕輕抱住我：「晚安。明天見。」我的頭原來才超過他的肩膀一點點，他真是座瘦稜稜的山。「晚安。」我回抱他的肩膀，突然感覺他身上有青草的苦味，那是我最後一次聞到那種青草涼涼的苦味。

第五折

拉千禧之夢

從上次離開台灣後，我與阿崎的人生就像宇宙中兩顆不知名的小星體，交會過後各自繼續朝運行軌道飛離，隱然不知未來的命運。

2013——2018

人生的曲折離奇，往往都在我們未知的時候就已經開始孵化。離開成功北上靜浦，開過蘇花那天，小泓和阿崎送我到桃園高鐵站，我們三人就在那裡告別，各自飛向未來未知的方向。那年五月，我發現自己懷孕了，於是我改變了計畫，最後回到歐洲生活。二〇一三年夏天，小女兒已經出生後，我媽來看望我，帶來去年家裡收到的一個信封，收件人是我。我打開看，是一條線編的鍊子，銅片上面的圖紋，是我見過的阿崎在飛機上畫的草稿。信封裡沒有別的東西，只有一張紙條，上面寫著「拉千禧之夢，生日快樂。」應該是為了編織圖樣的完整，它做手鍊太長，項鍊太短，於是我把它綁在左腳踝上，長度剛剛好，原來它收緊時，會扭成一個Möbius環。同一年的冬天，我短暫的回到台灣兩週，打電話給阿崎，他人卻在花蓮，我們無法見到面。我謝謝他送我拉千禧之夢，告訴他我又當媽媽了。隔天又收到訊息，他說很替我開心，語音訊息裡他唱了一小段Counting stars。我抬頭看著天上的星空，我想這次我們望著的，應該是同一片星空吧。阿崎的聲音低低的，很寧靜平緩，我的眼淚又流了下來。

有了兩個孩子的生活完全是消防員式的日常。獨自住在外國的我們沒有幫手，等我換了工作，搬了家，買了車，小女兒開始上托兒所的時候，已經是二〇一四年的冬天。等我喘口氣，扶老攜幼帶著孩子與公婆，一家人到巴黎和布拉格過暑假的時候，已經是二〇一五年盛夏。在巴黎的愛之橋上，我遇到了我大學同學，兩個人興奮相認，相約回去要見面聚一聚，我才想起因為太久沒回台灣，我已被除戶籍，手機號碼也因為無法續租而不能再用。但二〇一五年已經是Facebook，Line跟whatsapp的時代了，很容易就能找到不少曾經失聯的朋友。那晚回到旅館洗澡時，我才發現腳上的拉千禧之夢不見了。我找遍旅館甚至附近我到過的路上，都一無所獲。我很傷心的坐在路邊哭了起來。一直責怪自己怎麼會那麼粗心，居然東西掉了都沒發覺。我放棄死心的回到旅館，大女兒發現我眼睛紅腫，跑過來拉著我：「媽媽不哭。」小女兒一旁聽見，也跑過來爬到我身上：「不哭。」本來我已經冷靜下來了，結果被她們一說，那懊惱的情緒真是無法抑止。我老公過來把小女兒抱開，安慰我：「那種線編的東西，久了就是會斷的。如果是當場掉進撿不回來的地方，那妳看了不是更難過嗎。」他說得對。這種東西戴在身上就是個風險，因為線總有一天會斷的。

人生的鬱悶，不會干擾到現實的進行，生活還是必須接著過，因為無論你想與不想，明天都會到來。那年冬天，我發現舊手機壞了。不是智慧型手機，所以沒有備份的習慣。等我察覺它已經無法開機時，或許已經壞了很久。手機也總是要壞的，何況是已經超過七年的舊手機。於是，我連阿崎和小泓的電話也沒了。我嘗試在Facebook或其他社群軟體上尋找他們，甚至用google搜尋，都沒有辦法找到任何可供我去聯絡，甚至是辨認出他們的有效資訊。他兄弟兩人在這個凡走過必留下痕跡的數位世界，反而徹底的人間蒸發了。我不禁害怕起來，害怕原來一切終究是一場夢，而我竟連一點斷簡殘篇都沒留得住。到底是為什麼呢？我一再嘗試，仍無所獲，非常苦惱。我想或許他們終於去改回族名，因此我在茫茫人海裡再也不可能搜對關鍵字，因為我根本沒問他們原本的族名。我有比後悔更多的後悔，但是，我想，如果他們願意找到我的話，我想應該是能找到的，因為我的名字算是具有一定的辨識度。既然他們不曾來尋找我，那或許，各自過著的人生是比較重要的選擇吧，我想。一場夢固然是遺憾，但我已無法再追尋更多，我必須學會放下。隨緣，隨機，是我在量子人生裡始終必須學習的題目。即使我會在某些時刻想起我們的相遇，然而就像人生走過的各色風景，那只是其中的幾幕。因此，我只有一件事能做，就是默默的許願，希望阿崎和小泓，在某個不知名的遠方，好好的生活著，平安喜樂。

二〇一六年四月，我先到日本出差，然後回台灣休假兩個禮拜。回到台東家，我媽照例把收到的信件給我。其中有一個小信封，上面的字體很陌生，寄來的時間是好久以前的二〇一五年二月。我打開，裡面是張小卡紙，寫著兩個電話號碼，底下署名是小泓。一個是手機號碼，我打過去，無人接聽。另一個是市話，接起來的女聲報了一個店名。「妳好，請問賴亦泓在店裡嗎？」「他這禮拜不在喔，妳哪邊要找他？」「噢我是他，台東的朋友，是他留電話給我要我打給他，但他手機沒接。」「喔，他可能在忙，號碼是xxxx對嗎？他這禮拜也回台東。」「對。」「那妳再試看看，不然就line他，他帳號就是手機號碼。」「好，謝謝妳。」

我掛掉電話，用手機號碼搜尋了小泓的line，加入，留言給他，說我現在也在台東。一直到晚上十一點多，小泓的line直接要求通話，我連忙接起來：「喂，我是蘇蕊。」「妳回來了。」他說，那聲音有點疲累，我一瞬間有點錯覺那是阿崎的聲音。「嗯，在台東家。你也在家？」「沒，在都歷，今天忙整天。」「還好你寄了電話號碼給我，不然我從此找不到你們了。」我說。我本來想問阿崎的，可是，覺得還是應該先謝謝小泓。「妳要在台東留多久？」小泓問。他應該真的是累了，一點玩笑的心情都沒了。「剛回來，大後天走。」「那，妳有空來看我哥嗎？」「好啊，你們在哪？」「在都歷。明天下午可以嗎？但我沒空去接妳，看妳有沒辦法自己開車來。」「我可以。大概幾點？」「中午一點過後。妳來的時候，帶一把白色桔梗，花店應該有，不會太難買。」白色桔梗？我疑問的問他：「帶花要給誰？」「我哥。我不知道他喜不喜歡，但我媽說他應該喜歡。」我聽到這裡終於明白了。我一手抓著手機，因為心太痛，一時覺得無法呼吸，那個痛覺梗在胸口和喉嚨出不來，只有眼淚不能控制的噴湧。電話那頭的小泓沉默著，一直到我冷靜了一點才說：「我實在，不知道該怎樣告訴妳。說多好像也沒用，但我想他會想要妳來看他。」我一聽又止不住哭，小泓隔了很久才說：「妳這樣，我很怕妳沒法安全開車。有沒有人可以載妳來？」「我可以。」我哽咽著說：「不要擔心。麻煩你等會給我一個定位點，明天我比較好找到路。」「可以。妳現在，應該很難調整情緒，不過，請妳明天來看我哥，不要太傷心。」「好。明天見。」「明天見，找不到路的話，隨時打給我。」「好，我知道了。」

拉千禧之夢，終究是碎夢一場。

那晚我躺在床上，跑馬燈似的回憶起從小時候到後來再相遇的所有細節，一幕幕，一場場，彷彿其實要離世的人是我。阿崎，如果你離開了，為何不曾來與我告別？那晚我不記得我是如何睡著的，但是一夜無夢。

隔天醒來的時候十一點多了，我媽看見我像鬼一樣，嚇了一跳：「夭壽仔，妳是安那哭成這樣？」我跟她說明阿崎過世，我要開車去都歷看他。「夭壽骨，這呢少年就過身，唉。妳這樣開車好嗎？還是我載妳去？」我沒事。我搖搖頭，問她去哪家花店買花好，我媽電話打了問了下她朋友，告訴我去哪家買花。我毫無胃口不想吃東西，只喝了一大杯拿鐵，我媽看著直搖頭：「妳都不吃，等下開車昏倒怎辦？好歹吃一點。」媽說得有道理。我不能在開車的時候出意外。我到廚房泡了一碗燕麥粥，靜靜坐著吃完，把碗洗了，回房間換衣服，一切動作都很機械式的完成。「我出門了。」我跟我媽說。她眼裡的擔心我知道。「我只是突然知道這件事情太難過。不要擔心，我晚飯會回來吃。」她點點頭，看著我開車出門。

我不記得上次與人告別，是甚麼樣的心情。而我從未想過，有一天會要與阿崎告別。正確來說，阿崎早已離開，只是我到現在才知道。我看著前座上那把束好的白色桔梗花，竟有種莫名其妙的感覺。莫名的，我再也見不到阿崎本人，只能送一把桔梗花到他的墓碑前。人世真是何其荒謬的隨機劇本。

我找了一下才順利找到小泓給我的定位點，看起來後面有一小片墓園。

我打給小泓，大概五分鐘後他騎著車出現，向我揮揮手，示意我跟著他。我跟著他，然後降下窗戶，「這裡的空地可以停車。」小泓說。我點點頭，停好車，帶著那束花下來。小泓兩手插著口袋看著我，我也看著他，兩個人都沒想過再次見面的場景是這裡。「這是我們家族墓園。」他說，聲音飄飄的。我點點頭。「我帶妳去看我哥。」我跟著他走進這片小小的墓園，每個墓碑上都有一個十字。阿崎躺在左後方最後一排的第三個。我蹲下來，把花束放好，忍不住伸手去摸墓碑上阿崎的名字。「嗨。」才打了一聲招呼，我就因為太哽咽而無法繼續說話。小泓站在旁邊，靜靜地沒說話。「原來你在這裡。」我摸著石頭上刻著的日期，是二〇一四年的十二月。「他是在台中他住處附近的街口，因為要閃一個跑出來路口的阿罵，被後面和對向的來車連續撞上，頭去撞到路邊的消防栓所以腦死的。」小泓很平靜的說。我想這段話，他已練習過無數次，告知過無數人，因此就像新聞報導一樣已經沒有情緒。我站起來，看向小泓，艱難得說不出任何話。過了很久，我才說：

「你爸媽。」「所有人都很難過。我爸媽，就不用說了。」我走過去，伸手抱住小泓。他一邊拍拍我，一邊說：「沒想到，有一天我們兩個會為了這個傢伙躺在這，而抱在一起哭。」是啊，這傢伙，真是太討厭了。「他的器官有被捐贈給一些人，所以，要說他還活著，好像也可以。」我點點頭。「後來我有去他房間整理一些東西，有一張圖稿上面寫了妳的名字，所以，我想，應該要聯絡妳。」他說著，靜靜地看著我：「妳明白嗎？」「我知道。」「那等下我把那張圖給妳。」小泓說。我點點頭。「妳以後如果路過，有空記得來看他。雖然他這個人，應該不會怕無聊。」「嗯。」

要離開時，小泓從車裡拿出一個A4資料夾，裡面就是拉千禧之夢的原稿。上面寫了阿崎自己的筆記，哪幾個地方用甚麼材料，大致怎麼做，是甚麼意象。然後右下角有一行小字「送給蘇蕊。」我看著這張原稿泣不成聲。

死去的人將永遠留在那個年紀。阿崎留在三十二歲，而我繼續的變老。二〇一六年七月，小泓傳來他的結婚請客照片。拍照的場景是當年的都歷拉千禧在豐年祭表演。我非常開心的點開他傳來的影片，「活著的人就是要開心」，小泓說。他說得無比正確。恭喜你，我很替你們開心，請一定要生好生滿，報效部落。小泓回：「報告姐，收到。」

二〇一八年我搬家時，收拾到拉千禧的原稿，這一次我是笑著流淚。雖然我不知道阿崎的心臟現在在哪裡跳動著，但那確實是一個奇妙的感覺，或許他從未真的離開。為了讓他看見我五十歲時比他想得更好的樣子，我要努力的活著，他曾經失望過很多次，但這次我會盡力不讓他失望。

—全文完—

後記

關於蘇蕊的拉千禧之夢

關於拉千禧之夢這個作品的產生，從決定開始寫作，到最後出版成書的結局展開，看起來都像是由一連串的意外推演開來的量子塌陷——或許結果已經註定，但是每個時間點，都像節點一樣，等待著當下測不準的未知。因此，真的非常感謝評審們給了這個故事一個被讀者看見的機會，在千禧年已經過去將近二十年的現在，讓拉千禧之夢，重新被審視，被回憶，被感受那個屬於我們的，跨越時空的一切。而為了完整這個過程，也要感謝秀威出版，埴鈁藝術的團隊們給予的協助和專業，讓拉千禧之夢作為一本小說作品，能以我心目中的樣子被呈現出來。

謝謝鼓勵我投稿的Amy。在二〇一九年六月底之前，我從未想過要把這些真人真事的過往記憶，改寫成小說作品，更遑論是投稿或出版。拉千禧之夢裡的回憶實在太大量，細節也非常繁瑣，即便當時已經開始寫作，還是數度突破不了瓶頸而幾乎放棄。重新回顧、與感受過往的回憶是一個很深的沉浸過程，這不是單點或線性的穿行，是像冰核結晶一樣往立體空間中任意的方向擴散展開，或不如說就像宇宙要發散一樣不可抑止。獨自一個人穿梭在無限的記憶空間裡，嘗試摸索著建立一個可供客觀辨識的座標軸線，以期把片段的回憶重新拼接成一個能被理解、被閱讀的故事，無疑是個大膽天真，而又伴隨著無可救藥的浪漫衝動的冒險實驗。雖然在有限時間裡無法將原本預想的內容全部完成，但這個版本的內容，仍是最核心的原樣，呈現了拉千禧之夢包含的虛與實，過去與現在，故鄉與遠方，自我與外在，在不同維度上交錯的可能性。最遺憾的其一，是沒能寫出南美之行的領略，以沙漠和星空來對照故鄉的山海呼喚。另一個則是拉千禧階級在豐年祭的現場（原先設計的兩次豐年祭描寫分別是二〇〇〇年，拉千禧成年時被授予名字的回憶，與二〇一四拉百年階級授名場景來做對比，取自都歷部落信義國小的百年校慶）可惜沒能寫出來，是力有未逮的缺憾。

感謝好友食酒毫不推辭的幫助，替我重繪了拉千禧之夢的意象，作為這本作品的封面。食酒在過去的二十年，始終在遠方默默的支持著我，雖然意外，但很開心能實現年輕時，想一起完成一個圖文作品的夢想。還有朋友S，在作品出版前提供我的各種幫助和意見，我非常幸運，能有這些支持的力量，給予我完成一個承諾的勇氣。

作為一個旅居歐洲多年的飄泊遊子，故鄉與回憶，總是美好而又傷感的一體兩面。總是忍不住一遍遍的回想，但又小心翼翼的不願太緊抓在手心，怕干擾了現實裡脆弱的堅強。在經歷了無數次的自我介紹「我是誰，我從哪裡來」之後，我也總算找到了一個，最安適於我的自我，既不浮誇也不含蓄的描述：「我是在台灣東岸，面對著太平洋，一個大約有兩千居民的小漁港長大的。」一通常這個答案，具有一種數學通解般的神奇舒適力量，對方往往能像進入狀況般，順利問出下一個問題：「所以那是個甚麼樣的地方？」接著我就能再給出一個更具象的敘述：「是個背山面海，天空很藍，陽光很燦爛，空氣裡有鹽分味道的地方。如果你想像不出，它大概是有點像拿坡里的樣子。」講到這裡，如果對方是歐洲人，應該都已經能感受到我所說的，遠方的故鄉，是一個怎樣的可能。這固然不是最好的對答，卻能讓我與對談的另一方彼此放鬆。一如我的故鄉給人的感覺，令人安適，一想起它，我就會流露出幸福的微笑，即使，那是一個給遠方的微笑。

拉千禧之夢也有同樣的微笑。在這次書寫的過程中，療癒了我過往很多已經模糊的回憶，重新體會了與生長的這塊土地的連結。若說人生很多經歷，是必須走過某些過程才能完成體悟，那這次的路程我深有所感。或許我從未，也終將無法真正明白人生經歷之於我的意義，然而記憶裡屬於蘇蕊與拉千禧們的一切，是任由時光荏苒，或機率如何測不準，也不會老去或破碎的永恆美好。最後要謝謝Suming，寫下了屬於拉千禧的歌，唱著我們的名字和我們的日子。

釀文學239　PG2352

拉千禧之夢

作　　者　蘇　蕊
責任編輯　陳慈蓉
圖文排版　詹羽彤
封面設計　蔡瑋筠
封面插畫　食　酒

出版策劃　釀出版
製作發行　秀威資訊科技股份有限公司
114 台北市內湖區瑞光路76巷65號1樓
電話：+886-2-2796-3638　傳真：+886-2-2796-1377
服務信箱：service@showwe.com.tw
http://www.showwe.com.tw
郵政劃撥　19563868　戶名：秀威資訊科技股份有限公司
展售門市　國家書店【松江門市】
104 台北市中山區松江路209號1樓
電話：+886-2-2518-0207　傳真：+886-2-2518-0778
網路訂購　秀威網路書店：https://store.showwe.tw
國家網路書店：https://www.govbooks.com.tw
法律顧問　毛國樑　律師
總 經 銷　聯合發行股份有限公司
231新北市新店區寶橋路235巷6弄6號4F
電話：+886-2-2917-8022　傳真：+886-2-2915-6275

出版日期　2019年11月　BOD一版
定　　價　250元

國立臺東生活美學館2019後山文學年度新人獎

國家圖書館出版品預行編目

拉千禧之夢 / 蘇蕊著. -- 一版. -- 臺北市：釀出版,
2019.11
面； 公分. -- (釀文學；239)
BOD版
ISBN 978-986-445-358-0(平裝)

863.55 108015990

讀者回函卡

感謝您購買本書，為提升服務品質，請填妥以下資料，將讀者回函卡直接寄回或傳真本公司，收到您的寶貴意見後，我們會收藏記錄及檢討，謝謝！

如您需要了解本公司最新出版書目、購書優惠或企劃活動，歡迎您上網查詢或下載相關資料：http:// www.showwe.com.tw

您購買的書名：________________

出生日期：______年______月______日

學歷：□高中（含）以下　□大專　□研究所（含）以上

職業：□製造業　□金融業　□資訊業　□軍警　□傳播業　□自由業

□服務業　□公務員　□教職　□學生　□家管　□其它____

購書地點：□網路書店　□實體書店　□書展　□郵購　□贈閱　□其他

您從何得知本書的消息？

□網路書店　□實體書店　□網路搜尋　□電子報　□書訊　□雜誌

□傳播媒體　□親友推薦　□網站推薦　□部落格　□其他________

您對本書的評價：（請填代號　1.非常滿意　2.滿意　3.尚可　4.再改進）

封面設計____　版面編排____　內容____　文／譯筆____　價格____

讀完書後您覺得：

□很有收穫　□有收穫　□收穫不多　□沒收穫

對我們的建議：________________

____

____

____

請貼
郵票

11466
台北市內湖區瑞光路 76 巷 65 號 1 樓
秀威資訊科技股份有限公司 收
BOD 數位出版事業部

....

（請沿線對折寄回，謝謝！）

姓　　名：＿＿＿＿＿＿＿＿ 年齡：＿＿＿＿ 性別：□女　□男

郵遞區號：□□□□□

地　　址：＿＿＿＿＿＿＿＿＿＿＿＿＿＿＿＿

聯絡電話：(日)＿＿＿＿＿＿＿＿ (夜)＿＿＿＿＿＿＿＿

E-mail：＿＿＿＿＿＿＿＿＿＿＿＿＿＿＿＿